浮生畫記

蔡莉莉　著

藝術家

目錄

輯二

浮世繪寫 65

輯三

浮雲遊蹤 117

輯四

序

靜觀物外——我讀《浮生畫記》

徐國能

都說詩、畫是姊妹藝術，然而文章與畫的關係更是密不可分，女畫家張李德和(1893-1972)藝精思深，她的〈畫菊自序〉已選為高中國文重要文言文篇目，其曰：「余因停機教子之餘，調藥助夫之暇，竊慕管夫人之墨竹，紙上生風；敢藉陶彭澤之黃花，圖中寫影。庶幾秋姿不老，四座流芬，得比勁節長垂，千人共仰」，觀她所作花鳥，設色勻艷，姿態老成，相對其文，真感其筆鋒秋姿勁節的颯爽。

藝術家多能摛文，木心冷眼澀筆，散文已成華文傳奇；席慕蓉詩、文、畫三絕，纏綿成最動人心弦的青春之歌；而我最喜歡啞行者蔣彝(Silent Traveller，1903-1977)所作諸多「畫記」，是他漫遊英倫、日本、舊金山等地，以幽默風趣的文筆，輔以信筆而成的小詩，以及自在、隨興的插畫，構成之絕妙的藝術精品，書中那些可愛的插圖，兼有東西筆趣，不僅不會限制我們對文字的想像，反而能照見文字外，作者忽然而至的幽默，為文章添增諸多風趣。

蔡莉莉老師是優秀的畫家，她的散文也經常見諸媒體，而她總是為自己的文字配以精美的插圖，我是繪畫藝術的門外漢，但也覺得蔡老師的畫非常具有韻味，細緻之中別有構思，那些色塊、光影和構圖，並非一味嫻雅，而是有意無意地暗示了人間某種感動、某些欲言又止的懷抱。成長的驚喜或生命的凋零，沉著而厚重的歷史記憶或飽含詩意的滄桑之感，這些動人的時刻總是使人流連陶醉，暫時遺忘世俗的煩惱。待我細觀她的文字，在柔和低沉的抒情中，如大提琴慢板抒情，在撫昔懷舊的主要基調中，她更欲闡述人間的美與不捨、愛與眷戀，在細微的描寫中寄寓了幽幽隱喻，文字符號成為顏色或線條，組織為結構與意識，總是能在某些瞬間，觸動我的相思。

我很喜歡她寫老台南的風味，時代在記憶中遠去，又在文學裡復活，她寫鹽水車站：

長長的鐵軌在枕木碎石間閃著光，好似伸向沒有終點的遠方，讓遙遠更遙遠，讓故鄉更故鄉。只是，不會再有火車了，不會再聽見嗚笛聲了……。風倦了，人老了，太陽從扶桑花叢後隱沒了。置身凋零的車站，月台依舊，鐵軌依舊，剪票口還是一樣的無人看守。不見遊子從異鄉歸來，只有無盡的沉默充塞這個被遺忘的空間。

「讓遙遠更遙遠，讓故鄉更故鄉」，這樣的文字，作得使人會心微笑，而那種濃郁的情感，卻也像顏料化入水暈，由濃而淡，漸漸染向一個無心的遠處。我也喜歡她寫的舊時師大路，有些店家是我熟悉的，有些在我來時已為陳跡，但它們在蔡老師的文字中好像又復活為當年的香氣、滋味。我也喜歡她寫太宰治，在畫與話的密談中，文字從現實飛越超現實，流露了文學以外的人性與同情，我想作為藝術家的相知相惜，這種微觀之妙與書寫策略之巧，都很值得一再回味。

蔡老師是謙遜的藝術家、誠懇的文字工作者；同時也是了不起的教育家，這本豐富的散文集只是她廣大藝術層面的一隅，她生活智慧閃爍如光，讓幽暗的塵世頓時生動多彩。而她在清亮的散文中也談文化、哲學和藝術，這也顯見了她的廣泛與睿智，在抒情之外，尚有一股潛在的理性躍躍欲動，像隱藏在密葉中的虎豹，輕輕動搖，已露勁力。然而我覺得她還是一個抒情者，因為在她文中，理性的思維最後總還是屬於人的內在感動：

跑過青春大霧，跑至微涼中年，盛夏已遠，我沿著無有盡頭的河岸，跑不完的跑著，聽秋風穿越，像要追回風裡的什麼。那是卡爾維諾的「慢慢地趕快」，一如秋日的雲，始終是天空裡的動詞，飄飛徐行，因移動而幸福。

多好啊，「天空裡的動詞」、「因移動而幸福」，這些最妙之句體現了蔡老師洞觀世界的不凡，也說明了她是真正懂得幸福的人。

我一直無法忘懷她書中最後所說：「不多細想往後自己人生的下落，不見得要端起涼去的一杯茶，也不確定是否會留下更永恆的什麼。只知道來日，今日，尋常的每一日，皆當珍惜。」蔡老師的每一幅畫，都是一個珍惜的視角；每一個字都飽含幸福的重量，讀罷這些作品，益覺平凡的生活其實絢麗，但需很細地覺察，很慢地商量——浮生無托，唯有當下。

（本文作者為臺灣師大國文系教授）

輯一

浮想人生

1. 我在老街長大的童年

不知從什麼時候開始，我長大的橋南街變成了老街。到鹽水的遊客總要去橋南老街走逛，橋頭那間古老的打鐵鋪也成了熱門景點。在我的記憶裡，打鐵鋪的火光中永遠晃動著一老一少的身影，鐵鎚在空中一起一落，宛如默契十足的雙人打擊樂團，鏗鏘錘鍊，百年不絕。

小時候的橋南街，是一條客運不通行但勉強容得下雙向通車的碎石路。短短一條街，店鋪無數，充盈著小老百姓自給自足的庶民況味，在我生命初始的孩提時期，橋南街的盡頭就是我世界的地平線。

我家住在橋南街中段，是一棟有騎樓的兩進式街屋。左邊鄰居有一口井，井邊有一個雞籠。媽媽常把鍋子裡的剩飯加點水，叫我拿去餵雞。我很喜歡這差事，我喜歡那口清淺的井，每次總會把頭伸進井裡胡亂吼一聲「喔！我啦！」

右邊鄰居門前是曬穀場，然而曬的從來不是稻子，而是玩耍的小孩。這裡彷彿是一塊巨大的磁石，放學後的小孩全都被吸了過來。總是到了夜幕低垂，小孩們一個個被召喚回家洗澡吃飯，嬉鬧聲才會漸漸停歇。

曬穀場旁有一個散落著紅磚的閒置角落，是小孩們的秘密基地。我曾用磚塊疊了一個蹲式馬桶，大力推薦學妹啟用，環顧四周，只有貓在屋頂上俯視，麻雀在電線上跳盪，學妹便很義氣的試用了。事隔許多天，我們又一起到此玩耍，看見這坨屎，心裡很納悶：為什麼它還在？

小君是住得離我家最近的同學，我喜歡去她家看她媽媽「擦箔」。在那個政府宣導「客廳即工廠」的六〇年代，家庭主婦們料理三餐之餘，會接一點手工藝貼補家用。小君的媽媽有一種和煦安份的氣質，她常在廚房的小桌面壁而坐，低首斂眉，左手捏著一疊金箔，右手握著沾上漿糊的小排筆，輕輕黏起一片金箔，俐落地貼在拜拜用的金紙中央，接著迅速翻頁貼下一張。看久了，我也想試，小君的媽媽明知此事對十歲小孩而言失敗率很高，還是起身讓我滿足好奇心。這一件久遠的小事，留給我極溫馨的記憶，潛入記憶的瓶底，成了記憶的碎片。中年的我一片片打撈，一片片拼回，擦亮，所擦之處皆成金箔。

兒時上學的窄巷人家有一棵土芒果樹，偷採芒果是小孩們夏日午後最熱衷的冒險。這對總是當班長的我來說充滿了做壞事的恐懼，但是，當時的我完全屈服於青芒果微酸滋味的誘惑。行至中年，只要咀嚼青芒果，腦海便召喚出那年夏天土地蒸散的熱氣，耀眼的濃綠和響亮的蟬鳴。如今，每當我回到這條窄巷，總禁不住用眼光搜索餵養過這群嘴饞小孩的芒果樹，彷彿還聽見當時怦怦的心跳聲。

我以旅人的姿態悄悄回鄉，兒時老家被時間遺忘成一片荒涼，門框生鏽，紗窗洞穿，只有麻雀在騎樓飛翔，就像回憶記事本裡脫落的第一章。歸人如我，不知不覺被歲月稀釋成過客，俯視鄰居的那口井，彷彿看見童年的自己在井口張望的倒影，一圈一圈的回音隱隱迴蕩耳內。

站在街頭回望，已屆百歲的木屋被歲月浸潤成一種深赭色，橋南街就這樣一點一點地被時光推成了老街的模樣，成排街屋就像時光凝結的畫卷，間或點綴幾棟貼著磁磚的小樓房。幾名遊客走過，我聽見一個聲音說：「咦？店怎麼都沒開？」有人回應：「可能是星期天公休吧！」一旁的我聞之啞然，無論哪一天來，老屋始終門戶緊閉，一條真實的老街安靜得像電影布景。

再過幾年，老屋即將失去人間的保存期，成為不能再指認給下一代懷想的荒地。怔忡之間，橋南街的騎樓街屋以遠景的形式淡出，一切色聲香味皆成幻影，如晨露，如流星。

暮色中，老街像褪色的明信片，放眼到處都是層疊的故事，然而四下悄然，一切靜止。微褐的紙背滲透童年那個小小的身影，走進超現實主義基里訶〈一條神秘而惆悵的街道〉畫中，小女孩轉過身，微微一笑，消失。曾經居住此處的一張一張生命的臉閃現，真正存在的只有一間一間再無人居的老屋，歪斜的，破朽的，荒草綠，野貓藏。

（中華日報副刊2019/12/2）

2. 我的詩人阿祖

走在台北迪化街一進又一進的店家，總讓我想起童年台南鹽水的外曾祖父家。我以台語喚外曾祖父「阿祖」，儘管相差八十歲，回憶有限，我仍清楚記得阿祖的模樣。

假期帶著女兒重回鹽水，老家已成夢中地理，親戚也全數搬離，故居故人皆不在。我突然意識到已和故鄉失去連結，一種地基流失的懸空感，不知拿什麼來填補心底乍現的缺口。不禁想起辛笛的詩句「小鎮不是給不生根的人住的」，我開始想多了解我的家族，我想起了阿祖。

撥開記憶的皺褶，掌握每一條細節，從發黃的相片逆推阿祖的一生，如同從幾枚小碎片中拼組出一整幅大拼圖。自不同的長輩眼中折射出的阿祖是一位詩人，那使我和他之間有一種親密感，讓我感受到一種文學的連繫。我似乎複製了他某一小部分的基因，繼承了他對文藝的熱情。我終於明白台北朋友們說我的台語很古雅，經常脫口說出四句聯，追根究底其實是源自於阿祖。

看著台南文化局提供的文史資料，照片中年輕的阿祖大眼高鼻，一臉英氣。他考上日治時期百中選一的台北國語師範學校，畢業後成為中學裡的漢學老師，並在家中開設私塾，黃朝琴先生曾就業他的門下。

阿祖在書香中長大，他的父親在鹽水出任官職，是來自嘉義義竹的望族，兄弟中不乏秀才。照片中的阿祖，經常一襲長衫戴畫家呢帽，像是徐志摩加莫內的打扮。阿祖博學多聞，時而結社吟詩、時而組南管樂團，文學與藝術共冶一爐，顯現他的生命在不同興趣上的豐富切面。

阿祖的家對著鬧街，是一棟三進的挑高傳統平房。連棟的街屋無法開窗，房間以天窗為光源，室內瀰散著木頭和磚塊的老氣味。走過長又長的通道，穿過天井就是阿祖的房間。這裡空氣中菸味游動，我第一次體會「吞雲吐霧」的意思，就是來自阿祖抽菸的畫面。長大後猜想，這大概是阿祖接通繆思密碼的方式吧。我最感興趣的是房間屋頂夾層的閣樓，在幼小的我眼中，那正是飽含無限想像的秘密基地。

在這棟老宅裡，阿祖養大了四男三女。從阿祖幫小孩命名可以看出，生於民國前26年的阿祖並不像舊時代的人那般重男輕女。老大是抱養的男嬰，在原生家庭本名知高，阿祖幫他改名拔英，隱含一份出類拔萃的期許。老二就是我的外婆，她是阿祖的第一個親生小孩，取名澹仙，頗有詩意，感覺就是個被祝福的小孩。外婆知書達禮，閒澹不爭，非常熱心助人，想來和名字不無關係。外婆的兩個妹妹都是單名，大妹喚儀，小妹名藎，不似當時人家隨意幫女兒取名招弟或罔市，若是單名則叫閃或料，完全不掩飾生女兒的失望和嫌棄。

阿祖的親生長子至日本留學，歸國之後娶妻生子，某次游泳不幸溺斃。次子是珠算高手，初入社會即因盲腸炎導致腹膜炎，年紀輕輕便過世。阿祖的太太接連失去二個親生的兒子，悲傷過度，不久也離開人世。阿祖孤單面對人生的轉折，此後三十年，唯有一部《金剛經》陪伴著他從中年步入黃昏之境。

阿祖和小兒子一家同住鹽水老宅，偶爾搭三輪車到市郊的大女兒家走動。我的外婆會準備阿祖最喜歡的花生，特地將花生煮得軟爛無比，再由小阿姨一顆顆去殼剝給阿祖吃。阿祖於某次散步途中遭車撞倒，腳骨粉碎，從此很少出門，隱身昏暗的房間，漸漸活成一首簡化再簡化的詩。

記得那時我還沒上小學，常跟媽媽回老宅陪阿祖說說話。媽媽考上師範學校，繼承阿祖衣缽，阿祖很喜歡和她聊天。阿祖的房間非常安靜，收音機的說書講古是唯一的音源。年幼的我不理解老人的寂寞，也不理解大人之間的對話，經常進門喊了一聲「阿祖」之後，便在已被摸得發亮的木頭樓梯爬上爬下，阿祖總是一臉慈祥地看著我，那笑容如電影般停格。

細細審視泛黃的老照片，八十多歲的阿祖依舊戴著畫家帽，不同的是手上拄著拐杖，絲毫不減昔日風采。老年的阿祖有一張哲學家的臉，兩頰清瘦，黑框眼鏡下的雙眼清朗有神，正是我記憶中阿祖的模樣，一位看盡紛繁人生的詩人。從模糊的照片中我盡量畫出阿祖的輪廓，意圖將他的身影鑲嵌在畫布上。遺憾的是，阿祖的詩作舊稿已不可尋，只有我自己想像出來的漫天飄飛的字句，化為詩的粉末。

黃昏，我帶著女兒散步到鹽水大眾廟前，這裡是昔時阿祖和文友們集會吟詩的聚波亭，也是鹽水古八景「聚波漁火」的所在。而今聚波亭已不在，那河徒留一彎細水。夕陽靜靜落在時光河流上，空氣中有一種橘紅，閃耀的水波倒影裡收藏著阿祖和我短短六年的緣份。阿祖一定不知道，當年在他身邊蹦跳的外曾孫女，和他一樣同為雙子座，接收了他充滿好奇的生命態度，也和他一樣熱衷於探索不同切面的人生。

（中華日報副刊2020/10/25）

3. 八角樓舊時光

許久未回故鄉鹽水，經過市區，忍不住望向路口的八角樓。這座清代古樓是我心中熟悉的存在，就像外婆的珠寶盒，極其珍貴卻鮮少打開。

抱著久違的心情參觀八角樓，不經意看見牆上展示一張老照片，標題攫獲了我的目光：「八角樓與翁鐘五醫師」，耳畔響起外婆和媽媽談話中經常提及「鐘五舅」這個台語發音。腦海浮現鐘五舅公家那座大莊園，彷彿看到紳士的談話、結婚的場面，以及老婦人在窗邊打四色牌。一個熟悉的視野，一整個家族，似乎就在那個當下具體呈現。

細讀牆上的文字，方知翁鐘五的故居，是他將八角樓第二進拆除的建材買回，重新復原而成。無法想像小時候鑽進鑽出的鐘五舅公家，竟是古蹟八角樓的一部分。我抑制自己的驚訝，沒有什麼比到處探索又無意中發現未知的家族史來得更有趣了。

看著八角樓牆上一張張的照片，好像走入時光走廊：「翁鐘五醫師，生於1906年，為義竹鄉望族，16歲進入鹽水公學校就讀，天資聰穎……」讀到這裡，我愣住了，怎麼會是義竹人呢？

回家仔細拼湊記憶的碎片，驚訝的發現外婆的家族並非我一直以為的世居鹽水，她的祖父很可能來自一水之隔的嘉義縣義竹鄉。我的心情就像閒逛古董市集，意外找到外婆過去埋藏的珠寶盒，掀開盒底，竟發現一張寫著族譜的紙片。

帶著重新審視古蹟的眼光，我來到翁鐘五故宅。穿過庭院，圓形的水池四周是昔日宴會的場所，這裡有我當花童的記憶。然而，眼前場景改變了，房子半頹，木雕窗瀰散著腐朽的氣味。眼睛漫遊在每一個角落縫隙，我看到消失的時光和被榕樹根抹去的生命軌跡。這一切已經被遺忘了，只剩從八角樓第二進拆除下來的樑柱，以微弱的力量支撐著，而那些屋瓦牆壁早已不復存在。訝異龐大家族生活的遺跡，竟會被如此棄置荒廢。

我努力召喚記憶深處的場景，試圖還原這座大宅院原本的樣貌。正面主屋是住家，左側建物是鐘五醫院。鐘五舅公是個爽朗的耳鼻喉科醫生，想起他，彷彿有一股熱騰騰的蒸氣往喉間噴散，眼前浮現年幼的我，張大嘴坐在醫療器材前，讓蒸氣消除感冒喉嚨痛的不適。猶記得從窗戶望出去是草木扶疏的庭院，大樹下仕女和孩童嬉遊，像極了莫內的畫。

印象中，鐘五舅公很有同情心，對窮困的病患皆不收醫藥費，一派醫者風範。照片中的鐘五舅公風流倜儻，他有子女數人，繼承衣缽者有之，移居海外者有之。我猜想，或許是過去錯綜複雜的家族史，造成今日這座老宅無法世代延續。

午後的嘉南平原，陽光熾熱，站在已成廢墟的翁鐘五故居前，過去、現在和未來以奇幻的光點灑落我的肩頭。鐘五舅公當年重現古蹟的心情，終究成了留不住的故事。我彷彿看見一位浪漫多情的小鎮醫生，從這座大宅裡走出來，點亮了房子，樑柱慢慢淡去，庭園漸漸消失。他說：「我的子孫不需要住在這兒，曾經存在的家已經沒有什麼可以給他們了。」我想，即使人去樓空，鐘五舅公依然會以某種永恆存在，遠遠地注視，繼續守護著整個家族的未來。

（中華日報副刊2020/10/6）

八角樓
八角樓之第三進
第二進拆除，重建為翁鐘五故居，現已荒廢
2020.8

4. 行過一座橋

鹽水是我住過的小鎮，有河，有港，有橋。那河穿過小鎮，河岸淺弱，水流緩慢，像一條疲倦的絲帶。百年前繁華的港口，已不見擺盪的帆影，只剩蜷伏淺睡的河床，緩緩訴說著喧嘩中的寂寞。

行過一座橋，往南的方向就是橋南街。這條長長的街，踩滿我小小的童年足印。小時候的我，總以台語告訴別人「我家住在過橋」，如今，這條街以橋南老街為人所熟知。走在街上，彷彿進入時間的缺口，一間間歪斜毀朽的老屋，讓人以為走入褐色調的老電影裡。

從前，街頭的橋是一座木橋，長大後才知，興隆橋是清朝古月津八景「興隆水月」的所在。在我的兒時記憶裡，每逢颱風時節，平日安靜到彷彿不存在的河水，總是一夕之間暴漲，直逼橋面。

颱風一走，街坊老少便劈哩啪拉趿著拖鞋湧至橋上，趕集一般，饒有興趣地等待佈下漁網的男子會撈起什麼翻跳的魚蝦。空氣中，瀰漫著一股期待戲劇高潮的氣氛。

橋南街老家，是一棟有著天井的兩進式平房。客廳大門有扇稍放即收的彈簧紗門，臥室的屋頂有小天窗，白天飄浮著一道塵埃光束，夜晚月光穿窗灑下，颱風夜總會幻想不知有什麼會隨風雨破窗而入。

鄰家是理髮店，幼時剪髮，突然地動天搖，理髮師一把拉著我逃往廣場。地震一停，鄰人見我莫不哈哈大笑！低頭才看見我的脖子上還綁著理髮店的白色罩袍，看起來就像趕赴舞會的仙度瑞拉；爾後每當我翻看童話繪本，就會想起我那一身白色禮服的模樣。

多年以後，走在這條老街，陪我出入童年的蟬聲依舊傳送著褪色的喧囂，封存的兒時回憶如風動的雲朵向我湧來。那時，左鄰右舍都住著小學同學，上學放學玩在一起。五十載一夢，歲月把白髮皺紋和風塵，公平而慷慨地覆蓋在發黃相片裡一張張童稚的臉上，即使鄉音未改，路上錯身亦不識。

升上國中，搬到僻靜的新社區。路口橋邊有座「里仁松濤」的石碑。細讀碑文，方知這裡曾是北城門舊址，也是古月津八景之一。昔日文人眉批過的風景，讓一切有詩為證。這路，這橋，瞬間詩情畫意起來，連空氣也滲入了史詩的色彩，彷彿還可以聽到松針吹奏的風聲。雖然，古松早已隨著乾涸的荒溪，消失在一無遮蔽的地平線上。

新家離八掌溪不遠，某次颱風來襲，暴漲的溪水漫淹至二樓，水多到幾乎要從地圖裡溢出來。房子成了水中孤島，與世隔絕，我家社區整排居民全數撤退到頂樓。直昇機來了，空投的肉粽沒接著，全部餵了水裡的魚。

鄰居們紛紛貢獻從冰箱搶救的食材，一起升火烤肉，那畫面簡直就像雷諾瓦畫筆下飲宴的船屋。外面雨下得有多大，大家的歡樂就有多沸騰。鹽水繁華得早，和台南府城人一樣，對吃極為講究，顯現的是一種餘裕，一種富足。即使在暴雨的威脅下，依然不存什麼憂慮，任憑家電桌椅在漫天大水裡，載浮載沉。這是生活在水鄉的人，從多次水災中浸透出來的豁達。

待大水緩緩退下，我在水深及膝的客廳中，看見一個晃動的亮點。雙手掬起，是一尾小指頭般長的土虱，極其袖珍。猜想是從嘉義縣的魚塭，隨潰堤的八掌溪水沖過來的魚苗。

順著時間的長流而下，氤氳渺遠的物事，層層疊疊。彷彿整個小鎮，還在水中晃蕩，彷彿小小的我，還漂浮在水中的搖籃裡，微笑作夢，如掌中那尾小小的魚。

（中華日報副刊2021/2/24）

2018.6

5. 煙火港灣

月津，是一個港灣，也是我的港灣，雖然，它已不再是港灣了。

橋南老街，是沿著彎彎的月津港畔形成的一條街，這裡是我人生的起點。自我有記憶以來，月津港就像是一汪靜靜的池塘，橋下的河始終蜷身靜臥，不沖刷，不趕路，過去如此，現在也如此。百年前檣帆雲集的商港氣勢，早在我未及看見的年代，即已淡出成一則古老的傳說。

月津，是鹽水的古名，這個嘉南平原的古鎮，曾是全台第四大城。後來，繁華被擋在縱貫鐵路之外，除了元宵節，小鎮的日常安靜到幾乎要使人遺忘。有一種無法重來的憂傷和跟不上變化的疲憊，以緩慢的節奏，擱淺著、蒼老著，彷彿一座時光靜止之城。

走在鹽水街上，街屋立面是從未年輕過的巴洛克紋樣，處處可讀出時間的鑿痕，散發古鎮特有的富麗與沉靜。一間間金紙香燭舖、糕餅店、中藥舖和意麵店，以懷舊的老氣味，滲進一張默默變舊的百年地圖。

小時候的元宵節，外婆慣常在門前空地擺兩大桌酒菜，大人一面吃，一面欣賞遠方夜空裡綻放的燦爛花火。小孩則是早早下桌，等不及展開飯後的提燈探險。

我們分男女兩路，一左一右出發至院子後方的田野。暗夜行路有種說不出的刺激，四周不知藏匿了多少張牙舞爪的什麼，風在枝椏間吹奏背景音，無限擴大想像的邊界。搖晃的燭光下，七八個高高低低的人影，在沒有任何照明的鄉間小徑前進。大表哥和大表姐負責提燈，萬一燭火被風吹熄，勢必陷入絕對漆黑。這樣的元宵探險，總在男女兩隊相遇時的尖叫聲中，興奮落幕。

元宵節，是鹽水一年之中唯一的波動。蜂炮徹夜喧囂，好似要把沉睡整年的小鎮瞬間炸醒。從小被告誡蜂炮不長眼，即使在鹽水出生長大，我也從未出門感受蜂炮亂射的瘋狂。只能聽著屋外遠遠近近的鞭炮爆裂聲和蜂炮嘶叫聲，透過電視的畫面，想像那種置身戰場的感覺。

二十歲那年，終於擠入人群，體驗蜂炮的震撼。神轎從武廟出發繞境，蜂炮一路迤邐，所到之處遍地煙火。全副武裝的抬轎男子，奮力衝鋒陷陣，空氣中盡是令人窒息的煙硝味，沸騰著一股不知道會發生什麼事的緊張感。蜂炮一竄出，男女雜沓躲入店家，或是，就地尋找遮蔽物。小鎮居民頗富人情，無論識與不識，大門為遊客敞開，甚至招呼遊客至自家頂樓，熱情分享最佳的觀賞位置。

昔日古月津八景「月池蛙鼓」，近幾年化身成燈節的舞台，月港燈節已成為鹽水蜂炮之外的新話題。絢麗的燈光在夜空河面晃蕩，浮金碎花，恍如百餘年前的漁火，給人繁華的感覺。隔著淡淡的霧氣，戀舊的人眼中的故鄉，彷彿從不曾老去，等一切消散，依舊是那個充滿甜蜜蔗香的富裕古城。

一段段由河水和橋樑串接而成的月津古鎮，氤氳著水的意象，空氣中，人和物的邊緣極為柔和。路上擦身而過的老人，以陽光口音的台語交談，讓我聯想起外公外婆的氣質。那是見過世面又守著陳規的舊時行止，一種婉轉含蓄的風度，就像迴繞月港的那條溫柔的河，那般從容，那般優雅。

站在橋南街口的興隆橋上，往河的盡頭望去，似乎仍能看見海，比昨日又更遠一些些的海。寂寞沙洲，覆蓋滄海的足印，只是再也不可能看見船了。夕陽暈染的天空，是漸層的橘紅，就像花火，燦亮又墜落。

遠方，傳來若有似無的笛聲，漣漪一般，在這個舊舊的古鎮裡，流連，迴盪。我瞇起眼睛，仔細去聽，彷彿，時光長河裡那個記憶的港灣，一直都在。

（中華日報副刊2021/1/26）

Daphne'20

6. 時光列車

一聲悠長的火車鳴笛，響在故鄉的土地，即使經過數十年，依然清亮。

假期回鹽水，路過車站，多少年沒來了？腦中浮現十七歲時畫的那幅水彩畫，一株老榕樹，一個無人看守的剪票口，一道道柵欄畫出的寂寞且長的影子。

那年夏天，回鹽水過暑假，十七歲正是著迷於水彩的年紀，聊賴的午後，只得揹起畫架找地方寫生。走到熟悉的鹽水車站，在伏著老榕樹陰影的剪票口旁，立起畫架。這裡是台鐵車站，也是外公一輩子上班的地方，穿過鐵道便是外婆家。

忽忽來到中年，如今的鹽水車站，不知何時已悄悄被置換到世界的背面，無人，無聲，無火車。整排長長的候車椅上，蒙著時光的灰，像是懷舊電影的布景一般。

從前，經過車站的是糖廠的火車，那同時也是鹽水居民上學和往來新營、義竹、布袋等地的交通工具。站在月台，空氣中似乎仍殘留著火車薰染的味道。彷彿可以看見微亮的天光下，肩上掛著長書包等車的學生，臉上那一種永遠沒睡飽的茫然。

又恍若看到幼年的媽媽，聽見火車鳴笛聲，便沿著外婆家那條扶桑花小徑飛奔至平交道，興奮地等待火車經過。一節節的糖廠火車，總是塞滿剛採收的甘蔗。火車一過，所有小孩衝上前，撿拾掉落地上的甘蔗。在那個台灣初光復物資匱乏的年代，那一根根又甜又多汁的甘蔗，簡直是天上掉下來的甜蜜下午茶。

在我的記憶裡，曾坐在鹽水車站值班室的木床上，看著外婆幫外公燙制服。只見外婆拿起茶杯，含一口水，對著衣服用力一噴，霧氣便均勻地灑在長褲上。熨斗走過，褲管立刻出現二條挺直的線，讓年幼的我，生起一種觀看魔術的崇拜心情。直到現在，每當我按壓噴霧器，打溼水彩紙渲染畫面時，總會想起外婆不必借助工具的生活智慧。

十五歲到台北讀師專，必須住校，媽媽訂了一床尺寸符合學校規定的單人被。離家那天，在台鐵上班的外公拿出早就買好的車票，扛著那一大袋棉被，陪著我和媽媽直到市北師的女生宿舍門口。接下來的五年，每次放假返校前，外公總會清早起床幫我排隊買火車票，確保六小時的車程裡，我可以一路坐到台北。

長長的鐵軌在枕木碎石間閃著光，好似伸向沒有終點的遠方，讓遙遠更遙遠，讓故鄉更故鄉。只是，不會再有火車了，不會再聽見鳴笛聲了。我拿起水彩排筆，在噴溼的紙上一筆刷去，彷彿記憶裡的那列火車，在顏料的流動中緩緩溶解，變形，消失。

風倦了，人老了，太陽從扶桑花叢後隱沒了。置身凋零的車站，月台依舊，鐵軌依舊，剪票口還是一樣的無人看守。不見遊子從異鄉歸來，只有無盡的沉默充塞這個被遺忘的空間。猶如單程的人生列車，只能一路往前，再也回不到從前。

車站旁的台鐵倉庫，被歲月掀去了屋頂，徒留嵌滿榕樹根的老磚牆，像是滿布皺紋的臉。想起外公每日下班前，在倉庫門口拴上大鎖的背影。想起外公外婆離去之後，扶桑花徑盡頭那座缺了頂的荒圮老屋。

記憶中響亮而遙遠的火車鳴笛聲，落在心上，彷彿一節一節五線譜似的車廂流動而過，漸強，漸弱，漸遠。那是來自時光列車的祝福，給十七歲，也給每一個曾經路過車站的人。

（中華日報副刊・主編精選2021/3/21）

2020.11

7. 時光漸層

不知何時開始，鹽水天主教堂因達文西〈最後的晚餐〉創意壁畫，而成為觀光景點。於我，這裡是母校，我在這座教堂的附設幼稚園，開啟人生初始的上學時光。

重回這座天主教堂，幼年的記憶，在眼前紅紅綠綠的色彩裏錯落流動。想起衣裙永遠燙得筆直，永遠猜不出頭巾底下髮型的修女們。想起耶誕節教堂的馬槽裡，燦爛發光的聖母和小耶穌。到現在還記得午飯前的禱告詞：「謝謝天主賜給我們豐盛的午餐」。我家並非信奉天主教，三年的幼稚園時光，是我和天主教一段短暫的緣份。

我在斜照的陽光裏追憶，試圖捕捉幼稚園時這座教堂的模樣。五十年的時間經過，鮮亮的色彩取代從前素樸的外觀，很像一個打翻的調色盤，蓋過所有時間的顏色。裡裡外外的改變，繁複而鮮豔，像是一首不調和的詩。

小學時經過天主教堂，發現庭院多了一座好像公園涼亭的建物，黃色琉璃瓦，綠色屋脊，大紅柱，一種似廟非廟的奇異感，那是聖母亭。後來，我一直不曾走進這座教堂，無從想像教堂的內部已變成中式宮殿的華麗模樣。一切的改變總是慢慢發生，就像漸層的彩虹，自無法覺察的微細漸變中，不知不覺從紅色過渡成紫色。

站在教堂後方，靜靜凝視牆上相片，那些外國神父宛如夙昔先哲，眼前閃逝他們的身影，思維深刻的傳教士，在堅定信仰下，一顆無懼漂泊的心。轉身面向祭壇，久久注視台版的〈最後的晚餐〉，揣度同人角色和原畫之間的神似。像是介入無聲的故事，不知道它象徵著什麼？這其中有一種超乎現實的解釋嗎？是否有不可言說的啟示？或許是融入本土，或許是顛覆中西，或許什麼都不是。

我彷彿來到米蘭的恩寵聖母天主教堂，不同的是畫面中央的耶穌，捻長髯，著漢服，就像孔子模樣，正望著盤中美味的小籠包。頭上頂著光環的十二門徒，面帶微笑，無有原作戲劇性的激動情緒流過，只見祥和。就連背叛者猶大，也是一派慈眉善目。原本背景的一點透視法，已被圓弧的屋頂所取代，未見刻意營造的視覺空間延伸。

什麼聲音響？我側耳傾聽，似乎從修道院二樓的琴房傳來，那像是我久久荒廢的鋼琴聲。彷彿看見久違的自己，一個五歲的小女孩，在修女身旁坐著，努力讓手背上那一塊義美牛奶糖，不要隨著彈奏的晃動而掉落。那甜甜的牛奶香，是上完鋼琴課之後的微小快樂。現在，修女身上熟悉的精油氣味已經散去，我的音樂夢也散去，在風中凝結的，只剩擱淺的記憶。

走入修道院中庭，空氣裏彷彿飄浮著熟悉的桂花香，我記起藏在記憶氣味裏的一件舊事。一朵一朵潔白的桂花，在樹上顫著，搖著。兒時的我曾循香氣採花，不慎跌倒，因此右手骨折。而今，圓形拱門後的石雕聖母像和那棵老桂花樹，已消失在一堵石牆之後。終於明白，所有的曾經皆不可逆。

此刻，我以遊子的身分，回到人生第一所學校，沉湎於一種追想的情緒，拾回些許往事薄影，稀釋，蒸發，曬乾。如月津港的河水遶行在遊戲場邊緣，如老去的心情跌宕在時間的琴韻，如我曾經採過的桂花，從小時候開到現在，如午後修道院安靜開落的那株老樹，正對著我飄送甜甜的花香。

（中華日報副刊2021/4/2）

8. 鹽水我城

每到年終，總看見歲月的裙擺在巷弄轉角閃逝的匆匆。2020年，卻如同封存於琥珀的時光，凝止的，可望不可及的，以一種慢板的節奏，無聲無痕的消失在一個不知所終的休止符。

在出國仍然遙不可期的此刻，日子多了大片留白，目光不知不覺回到長久以來被忽略的角落。我開始想起故鄉，開始加入同學會，開始做一個善於回顧的人。

我在鹽水度過人生的第一章，歲月不斷翻頁，愈翻愈厚，味覺應是此書中反複出現的關鍵字。十五歲開始，不斷離家，帶著夢想越走越遠，去了遠方，也從遠方回來。每次回到這座老城，總是走從前放學必經的老路，到鹽水點心城吃一碗鹽水意麵。意麵入口的瞬間，忍不住打心底感謝自己選對地方投胎，懂得誕生在以美食立都的台南。即使後來童年老家消失了，我仍然特地回鹽水吃意麵，這是一個無可取代的歸鄉儀式，讓想念的童年滋味有家可歸，讓人生的底色持續承載味覺的記憶。

鹽水意麵上桌，拍了照，上傳到國中同學會群組。果然，每個人的回憶裡都有一碗鹽水意麵。看著相片，紛紛留言懷念麵上的肉片、鹹香的肉燥和那顆黑得發亮掉在地上彷彿會彈跳的滷蛋。即使到了遍嘗美食的中年，一直停留在年少記憶裡的那碗意麵還是無比美味，無比溫柔，彷彿拌入的是青春的光。

在那個玩樂太少考卷太多，莫名煩躁莫名憂傷的青春期，吃一碗以鴨蛋和陽光揉製而成的鹽水意麵，似乎是中學生有限零用錢之下，有點奢侈的事。想起美國作家理察·布萊第根說的：「有些時候，人生只不過是一杯咖啡所帶來的溫暖的問題而已。」對於生活找不到出口的青澀少年來說，吃碗意麵，撫慰被參考書壓扁的胃，也是一件很小、很美的事。

走出鹽水點心城，陽光熾熱，眼前永成戲院的屋頂光點亮閃，外牆的廊柱畫出一道道冷色調的影子。戲院門口停了輛三輪車，車身的電影看板是手繪的，我的腦海立刻召喚出很久以前，看電影要先起立唱國歌的老時光。

這座日據時代即在鹽水放送聲光的老戲園，數十年來，一直被遺忘在光陰深處，灰著一張臉，站在時代的湍流之外。每回經過，總聽到歲月的回聲，讀到一股置身邊緣的寂寞。近幾年，在文化保存的努力之下，永成戲院才以故事館的姿態重生。

進入戲園，宛如走回童年，售票口牆上寫著「今日放映」、「下期放映」的木片，窗台上那疊發黃的電影本事，一如往昔。木格窗邊的老式播映器，逐格膠片中，人臉恍惚若現，耳畔彷彿傳來《梁山伯與祝英台》婉轉的黃梅調。我的心情就像永井荷風在〈銀座〉所寫的：「今後，銀座與銀座一帶也會日復一日，不斷改變吧。猶如盯著影片的孩子般，我想凝視不停變化的時事繪卷，直到眼睛痠疼。」

出了永成戲院，陽光刺眼，恍如回到另一個時空，小城的街道依然是靜，靜到幾乎可以聽見時間流過的聲音。誰家子弟誰家院，年少舊事，一幕一幕都是風景。雖然家鄉有些地方已消失變異，我仍回顧來時路，找尋那個很小很小的自己。

走過各種憧憬，各種陷落，在生命的所有相遇中，曾經丟失些什麼，也拾回些什麼。漸漸明白，所謂人生，是歲月寫成的一首字跡慢慢淡去的詩。總在翻回人生最初始的第一章，方能感受到最接近心底的舊舊的幸福。

（中華日報副刊・主編精選2020/12/5）

2018.6

9. 記憶的地平線

屬於我的那段小鎮年少，有嘉南平原甜甜的空氣，有發亮的藍天，還有一條推得很遠很遠的地平線。

當時，校園的風中開始響起民歌，隨著那年夏天的蟬聲，同學少年跳上青春列車，從此，看不見彼此的背影。而後，光陰快轉四十年，穿過夢想的草原，走到連自己也預想不到的遠方。就像沈從文寫的「我行過許多地方的橋，看過許多次數的雲，喝過許多種類的酒。」四十年的時光，足夠讓人在生命裡抵達一個自己承諾過的世界，擁有想像不到的人生。

以為從此不再相見的舊日同學，凋敝的緣分意外被科技成全，網路的連結把我們帶回人生現場。四十年各自江湖，人生路上的風霜，使得擦身而過的我們認不出彼此。不變的，似乎只剩下名字。翻開同學錄，好像穿越了時間，直抵久遠以前的過去。有些名字依然在心底發出微光，有些臉孔被流年偷換，不知何時已從記憶裡悄悄移除。

流水一瞬，忽忽走到白居易「舊遊之人半白首，舊遊之地多蒼苔」的年紀，老友相遇，帶來了故事。同學口中的那個我，彷彿不是我，使我重新理解過去的自己是什麼模樣。赫然發現，大家的回憶皆有或深或淺的斷層，記憶會修改，情節會增刪。沒有人知道，歲月會帶來什麼，銷毀什麼。就像沒有人知道，當年的某同學成為我的眷屬，二人三餐已經開了三十年同學會，經常忘了彼此早已不是那個十五歲的春風少年。要到很久以後才知道，時間自然會寫下所有故事的結局。

相較於後來職業相同的師專和師大同學，國中同學的人生版本幾乎是一則則猜不透的謎。失聯又復聯之後，就像吹來一陣等了四十年的風，掀開了謎底。我們看過彼此年少的模樣，如今，好似尋回一起長大的失散手足，那一個個稚氣的臉孔，疊印在醫師老師工程師等各種專業人士的形象上，宛如被時間魔法一指，我們瞬間長大。跨過中歲門檻，猶有少年同伴一起緬懷走過的路，一起見證看過的風景，不禁心生一種錯覺，彷彿穿過人生叢林，青春始終等著我們，在當年分岔的路口。

如果年少是一連串直來直往的驚嘆號，中年，被生活擠壓成迂迴曲折的問號，直至最後，被歲月拉成一條似斷非斷的破折號，老到什麼也說不清，什麼也不想再說。我總是這麼想起人生，機遇、困頓、所有的一切都被歲月封存成一罈千般滋味的酒。容許後來的我們，在雨聲相隨的夜晚，細數心裡跌宕的轉折和繞過遠路的曾經，告別反覆摺疊的缺憾，釋然地，跟往事乾杯。

中年，看盡繁花，每天都有一些什麼從日子裡淡出，遺忘，但總有一些什麼，沉澱在記憶底層，彷若珍珠。我知道，心裡始終住著那個初心不變的自己，不在意擁有多少江湖，只想坐看散步的雲，放逐夢想的風箏，在天空交織出一條條故事的線，畫滿整片晴暖的天空。

老友重逢，是歲月給予的慷慨贈禮。天涯海角相尋，能在人生半途領受如此動人的重聚，是多麼幸運的事。這美好的生命情態，讓不該丟失的重新被記取，讓不需要說出口的，寄存在記憶的地平線。然後明白，一群人，胸懷一座小鎮，也是可以一生一世。

（中華日報副刊2020/12/20）

10.消失的四十年

在生命的春天裡認識的同學，在變幻無常的秋天，偶然相遇。

我們在相同的時空，浮雲流水，各自走了四十年。這堆疊了四十年的人生故事，用一句話來形容，該怎麼說？

我想起一些以為早已遺忘的事，我的心回到那個身高竄長的國中時期。騎著腳踏車，風擦過臉，沿途樹上的芒果像是裝飾音，譜出我的上學路，陪我唱著校園民歌初初響起的〈秋蟬〉。

彷彿又在那個蟬聲包覆的校園，在靠窗的座位，釘下。那段被考試填滿的日子，我們總能擠出一些輕巧的逃脫，在上課傳紙條，在老師寫黑板的時候轉身說說話。午後，陽光篩過葉隙，帶著一種透明，將臉抹亮。那時，青春多到溢出來，男孩和女孩被賦予等量的煩惱，隱隱在心裡想著，自己的未來會降落在何方？

在課業的夾縫中，文學成為我青澀年少的知己。讀著自己喜歡的書，讓閱讀解答我對世界的提問，在筆尖釋放關於青春的想像，那是我書寫的起點。一直要到很久很久以後我才知道，當年用文字擁抱小小的自己，沒有徒勞。

夜深人靜，在參考書和考卷堆裡，收聽中廣「今夜星辰」，彷彿瞬間啟動浩瀚星河的連結，小小的房間於是有了桃李春風和一畝夢田。每當，鄧妙華悠悠唱起〈牽引〉，聽著聽著，好像心裡也真有那麼一些惘然的什麼，對感情的形狀有了一份縹緲的想像。

突然，國中同學會群組中轉述一位同學的病訊：說是颱風天上班查看水塔，失足跌落，昏迷成了植物人，已經十多年。我以為我們都還在，只是鬆了腫了或者生些小病，我們的續集故事才剛翻到序文，怎麼就出現一頁空白？

像是一種提醒，生活從來就不容易。跟生命比起來，職場的磕碰，現實的磨難，所有的一切不過是小傷。

中年回望，漸漸明白，每個人有自己包裹人生的方法，每個人有自己走過人間的路徑。無論是正面襲擊，還是繞路旁觀，都是一種選擇，一種解讀，無關得失。

青春如火，如煙，誰的年少不輕狂，誰的年少沒有曲折心事。生命長河裡淘洗四十年，風景淡了，夢想遠了，再華美的少年時節，都成了青春無法整除的餘數。

即使到了人生下半場，半鏽的軀幹爬滿歲月的藤，行過的橋、數過的星、看過的雲，一切的一切都成了光陰的琥珀。即使驀然發現已經有一種老去的心情，我依然攜帶著少年的自己，依然不忘做個溫柔的人。面對人生的風景，把時光釀成一首如詩的歌，像是遠方，傳來想念的回聲，在風，在耳，在心。

（中華日報副刊2021/1/13）

11. 家鄉的味道

每次回故鄉我都有覓食的心情，這種非日常的覓食，有一種懷舊的質地。小鎮的食物如同小鎮的性情，沒有誇飾，入口都是樸實，都是真滋味。離家多年，味蕾深刻記取的除了鹽水意麵之外，就是百年老店鹽水肉圓。堪稱從小吃到大的肉圓，是我的味覺鄉愁，也是我心中的米其林三星：值得專門造訪。

老闆熟練地挑起一個肉圓，擠壓出油，盛入盤中，復以木匙抹上獨門醬汁，那動作極富韻律，彷彿在空中畫出一道圓滑線，從未中斷。肉圓的醬汁微甜，加蒜末，淋辣醬，鹹甜鹹甜，滋味很台南，宛如蘊藏這一座曾經漬在蔗糖多年的古城歷史。肉圓彈牙，肉片滑嫩不柴，兼以少許筍干提味，比例正好。桌邊一鍋大骨熬煮的清湯，免費暢飲，入口暖胃暖心，有一種令人安心的家常感。

童年記憶裡，大馬路旁的點心城右邊第一家就是肉圓，與左邊第一家的意麵，並列我的心頭好。小時候，最期盼媽媽買菜回家，菜籃裡總有熱食點心。自從小學四年級有了自己的單車之後，我的行動半徑突然拓寬許多，放學後書包一丟，手心捏一個十元銅板，沿著河邊悠悠晃晃騎到點心城，簡直就像一隻快樂覓食的小鳥。

鹽水的街頭呈現一派味覺風景，庶民小吃從早市、黃昏到宵夜，草魚粥豬頭飯鴨肉羹、當歸鴨豬血湯豆簽羹、意麵肉圓臭豆腐，胃永遠沒機會空著。意麵從早餐就開賣，肉圓通常到下午三點左右才營業，沸騰的油鍋前，總是圍滿排隊買肉圓的人。長大之後才明白，晚餐前的這一餐，是曾經繁華的古城居民代代傳承的生活意象，悠閒之必要，點心之必要，一點點餘裕之必要。

幾年前，點心城遷移至康樂路，肉圓攤獨立至距點心城五十公尺外的自宅開店，掛起招牌：林家老店鹽水肉圓。簡單的摺合桌，沒有裝潢，沒有擺盤，隱身街道不張揚。住家與店面彼此滲透，生活或多或少外露，食客借用廁所必須穿過廚房一堆堆的鍋碗瓢盆。老闆一家人，溫厚和善，端盤擦桌不疾不徐，好似腳踩祥雲。

每次回鹽水，味蕾最想複習的是肉圓，好像吃了才真的回來，肉圓於我就是家鄉的連結。這麼多年過去，肉圓店樣貌依舊，銅板價依舊，老闆俐落的身影依舊，數十年重複一種不移的步驟。牆上的菜單多了碗粿，多了四神湯，戴著袖套的老闆娘也多了白髮，從兒時記憶中的新嫁娘升格至外婆的年紀。如同這座我出生長大的母城，有些恆常不變，有些悄悄改變，有些默默消失。

鹽水的老派美食，原汁原味，不迎合時代口味，曾經是我味覺的啟蒙。一直要到離家多年之後，才發現關於家鄉食物的關鍵字是甜。那甜無所不在，在意麵的肉燥裡，在肉圓的醬汁裡，在鴨肉羹的湯頭裡，似乎糖釀的童年從未隨時光代謝，我的身上始終流著高甜度的小鎮血脈。

想起法國作家夏多布里昂在《美洲與義大利之旅》寫的：「每一個人，身上都繫著一個世界，由他所見過、愛過的一切所組成的世界，即使他看來是在另外一個不同的世界裡旅行、生活，他仍然不停地回到與他相繫的那個世界去。」總在家鄉食物入口的瞬間，舌尖確認出一種親切，像是找到記憶的連結，像是看到外婆炒高麗菜灑糖空中的豪氣。或許我懷念的只是滋味陳年的小吃，或許我重溫的只是以甜修辭的食物，但卻帶著無可取代的眷戀，這是家鄉的味道，這是世代的傳遞，這才是台南。

（中華日報副刊2021/5/10）

12. 甜蜜的所在

在台南走逛，經常可以見到糖廠的蹤影。

返鄉的路上，開車彎進鹽水北門路舊家旁的小徑，沿著年少時的單車路線一直開。經過幾棟新建的透天厝和陌生的別墅，竟找不到記憶中通往岸內糖廠的岔路。本以為大概小路已消失，沒想到路旁出現一道殘壁，就像古代城牆，耀眼的陽光下遠遠可見一座城門，那意想不到的畫面讓我以為錯過了最近出土的什麼。

怎麼會有城門呢？

傳說中的北門，不是早在遠古的清末就已成了歷史名詞？

在鄉間小路倒車，改由岸內糖廠正門那條種著菩提樹的綠色隧道進入。經過岸內國小來到糖廠，大門深鎖，寫著「禁止入內」，彷彿將所有過往一併反鎖。高大的廠房一臉蒼老，鬆垮的電線在天空書寫著疲憊，大王椰子亦不見往日威風，披散著的葉子像是頂著久晾多日的舊衣，任風拖沓。

昔時綠蔭下一座座糖廠員工的日式宿舍已消失，寂寞蕭索，宛如一片被季節遺忘的荒原。只剩麻雀句讀著樹影風聲，只有枯葉捲起大地的沉默。那個安靜存在小鎮一隅的岸內糖廠，不知何時已被摒除於時間堤岸之外。

我有多久沒來了？也不知道什麼執念，竟一心相信還是可以吃到糖廠福利社的花生冰棒和帶著酒香的桂圓糯米冰棒。這支外表樸實滋味甜蜜的冰棒，糖廠獨有，是我味覺回憶的座標。

走在糖廠園區，和時光長廊不斷擦身，我想起外公調職岸內火車站的那一年。我在這裡認識玩伴，在她家的榻榻米上度過愉快的夏日午後，那是我第一次走進脫鞋才能入內的日式屋舍。也想起學生時代，在蟬聲織就的暑假，騎著單車到日式房子學吉他的民歌歲月。

消失的，從來不止是時光，還有不復尋的人和不復存在的物事。

打聽之下，廢棄的糖廠曾有過護專建校計畫。不禁想，作罷也好，年輕學子若在小鎮上大學，除非閉門埋首學術研究，課餘所能接收的文化刺激恐怕有限。在國外，大學門口多半環繞著書店和咖啡館，散發濃厚的書香氛圍。想起近日台灣大學羅斯福路的大學口，熟悉的咖啡館已被一間間運動用品店取代，使人錯以為路過的是體育大學，若欲尋書店和咖啡館，就要往新生南路去了。

回到台北，我對那座宛如幻影的城門依然有一種懸念。上網搜尋，方知最近文化部將鹽水岸內糖廠規劃成影視文化園區，已經完成《嘉慶君遊台灣》的戲劇拍攝。恍然明白，我看到的並不是出土遺址，只不過是古裝片廠的道具殘餘。那牆就像是一個暗藏的線索，等著我去破解，正如卡爾維諾《看不見的城市》所言：「城市不會洩漏它的過去，而是像手紋一樣藏起來，寫在街角、窗格的護欄、階梯的扶手、避雷的天線和旗杆上，每一道印記都是抓撓、鋸銼、刻鑿、猛擊留下的痕跡。」

永恆的城市並不存在，歲月魔杖輕輕一指，可以凝止，可以塗抹，可以遷移。一座記憶中的城，或許是迷宮，或許是有機生長的枝椏。直到有一天，遊子踩著少時的影子往復繞行，終於找不到來時路，再也尋不回那甜蜜的所在。

（中華日報副刊2021/8/3）

2001

13. 氣味地圖

成長時代的南部小鎮，從未在街上看過牛肉麵店。可能是嘉南平原以農業為主，居民不忍心吃牛，沒有牛肉生意。小學暑假到台北，在乾媽家裡吃到味道不太一樣的丸子，那是她的外省婆婆做的牛肉丸。之後，在南陽街外省老兵的麵店吃到生平第一碗牛肉麵，鼻腔邂逅前所未聞的氣味分子，舌尖意識到牛肉與香料的交會糅合，好似經歷一場啟蒙，連從小吃到大的鹽水意麵都相形失色。從此，紅燒牛肉麵成了我心中的美食極致。即使長大以後，旅行各地體驗多國料理，那碗濃郁飽滿的牛肉麵，氣味依然沒有晃散。

到美國讀書時，牛肉麵成了我的鄉愁。假日常至超市買牛腱，汆燙，加入蔥薑蒜醬油和滷包一起入鍋燉。下麵、切肉、倒入開水稀釋的滷汁，再灑上蔥花，湯頭竟也有滋有味，和記憶裡的那碗牛肉麵相去不遠。有一回忘了關火就出門，想起趕回家，湯汁已快收乾，肉質卻比往常更柔軟，一切滋味盡釋放在湯中，成為記憶中最具風味的一碗牛肉麵。

近來，假日短居台南市區，清晨半夜皆可吃到滾湯現燙的牛肉湯。台南的牛肉湯，吃的是半熟牛肉片鮮嫩的口感，而不是紅燒牛肉麵那一股氤氳飄送半條街之外的香氣。在我的美食檔案裡，現燙牛肉湯和清燉牛肉麵歸屬同類，有那麼一點層次不夠繁複的感覺，只照顧到味蕾，未抵達鼻尖。

相較於牛肉，羊肉在我家的餐桌始終缺席，只在冬天偶爾吃羊羶味已被隱藏得極徹底的羊肉爐。直到幾年前至土耳其，被舉國的羊肉料理包圍，才恍然領悟羊的腥羶程度猶如恐攻。即便已小心避開肉眼可視的羊肉，仍逃不掉羊油炒菜、羊油煎蛋、蕃茄鑲羊肉、羊油甜點等無所不在的地雷襲擊，彷彿這股羊味已烙進土耳其的所有食譜。

台灣的航空公司曾以泡麵當成機上宵夜，那真是撫慰遊子最直接最有效的方法。原以為泡麵是台灣之光，是人間美味，不意到希臘小島，一行人竟因泡麵的氣味而被旅店老闆逐出餐廳，落得隨導遊坐在花台上端著碗麵野餐。香氣的定義依存於自身，與文化脫離不了關係。地中海型氣候的希臘，口味清淡，食物多半以橄欖油佐香草提味。有別於天然香草的氣味，泡麵的人工調味料對希臘人素樸的味蕾來說，光嗅聞就已過於刺激。

台灣小吃中，臭豆腐是我從小就親近的美味。然而，我的外籍美語老師某日上課卻氣憤的說：「我覺得台灣的警察應該取締臭豆腐的攤位。」他每日上班必經一家臭豆腐攤，對外國人的嗅覺而言，那已屬於嚴重的空污，形同毒氣攻擊。我很能同理外來者的心情，無論造訪日本多少次，日本人眼中美味又營養的納豆，於我就像楚河漢界，無有妥協的可能。

食物的偏好和自小的飲食有關，法國文學家普魯斯特在《追憶似水年華》中，曾以數頁描述童年吃過蘸了熱茶的瑪德蓮，長大再度嚐到的瞬間，兒時的記憶乍醒：「我舀起一匙剛才浸過瑪德蓮的熱茶到唇邊，溫熱且摻著蛋糕碎屑的茶水一沾染我的上顎，我不禁渾身一顫，停下動作，專心一意感受那一刻在我的體內發生的絕妙變化。一種難以言喻的快感傳遍我的感官，回憶突然浮現腦海。」因為這段文字，「普魯斯特現象」（Proust Phenomenon）遂成了醫學名詞。

氣味就像通關密碼，穿透杏仁核，取道海馬迴，提領大腦皮質，牽動沉澱記憶底層的往日舊事。在那遙遠氣息偶現的瞬間，以一種童話的、釋懷的姿態，攪動時間纖維，還原心靈輪廓，重返生命中的某個時刻，指認出關於食物的文化地圖。彷彿熟悉的鼓聲，斷續從遠方傳來。彷彿悠長的鐘聲，微微在水面盪開。彷彿所有的傾斜與塵埃，一切的消失與曾經，都可以輕輕地，以微笑和解。

（中華日報副刊2021/7/17）

JAZZ
BAR
TIME
12:00
Lily '08

14. 日落遠樓

路旁的玉米田，像一幅延伸無限遠的綠色畫卷，帶著青草和泥土的氣味，由寂寞靜靜勾勒。在夕陽的渲染下，玉米穗金色的層次便豐富起來。

這條田間小徑，光用走的都覺得遙遠，不敢細想昔時公公於熾熱的陽光下揮汗的勞苦。站在餘暉映襯的蒼茫天空下，感受到一個父親以無言的慈愛，輕輕照拂身後的血脈使其富足，而我也領受其中。

從農地回到已無人居的老家，此處只有一個村落，一條在遠方閃動的溪，幾隻野狗和一些隨著夕照日日老去的人。像一首印象斑駁的詩，未曾在我心底留下深刻的痕跡。

走出屋外，廟宇的鼓聲，落在一片片赭色的三合院屋脊上。不意望見遠處有一座西式的樓宇，纖細的鐵雕大門，在這終年填滿安靜的小村裡顯得氣派照眼。猜想那是過往騰達的前人對世間繁華留下的輝煌，留給子孫，留給路過的人一次黃昏的心情。

懷著好奇，沿著紅磚圍牆，走到古宅正門。牆上的文字訴說著一則百年的故事，關於義竹的歷史，關於翁氏家族。好像看到一株巨大的家族樹正在我眼前伸展枝葉，動畫一般。在增生又增生的樹冠之間，似乎藏著許多留予後人說的舊事，我兀自幻想著庭深草長的大莊園內陰晴悲喜的生活聲色。

輕輕推開古宅虛掩的大門，就在那一刻，前方猛然衝出二隻大狗，朝著我和女兒飛奔而來。我毫不猶豫地拉上鐵門，將這突如其來的一切，擋在門內。

顧不得原先洶湧的好奇心，母女倆轉身逃離，沿路收拾著劫後的心情。忽然，背後傳來呼喚聲，回頭，一位園丁模樣的先生站在大門口，遠遠地向我們招手。我按住尚未歸位的心臟，一陣遲疑，再三確認大狗已不在園內之後，方與女兒隨他入內參觀。

寬闊的草皮中央，矗立著一棟富麗的建築，典型西洋歷史的式樣，喚起我晃遊歐洲古堡的記憶，乍然以為來到伊頓公學大門口。如此考究的洋樓，孤單立於低矮舊樸的三合院落之間，像是活在自己的時空裡，有一點違和，有一點寂寞。

環視前後屋，隨處可讀到工整對稱的美，細緻翻修的雅，流散空間的靜，像是一則無人知曉的荒野傳奇。無從想像昔日老宅毀朽塌陷的模樣，彷彿還能見到溫婉的閨秀從拱門迴廊優雅走過。不禁暗自慶幸，還好鼓起勇氣回頭參觀。

此屋修舊如舊的工法，忠實還原歷史建物該有的古雅色澤。端詳宅院內外，不見俗豔的粉飾昭示身分，沒有浮誇的建材彰顯財富，無有多餘的雕飾凸顯貴氣，磚瓦草木皆以歲月為統調。彷佛百年來，這座集西洋、日本、閩南風格於一身的古宅，不染滄桑，未沾煙塵，始終維持著這般端秀的表情。

園丁模樣的先生，指著廣場左方的大樹，親切地告訴我那是一棵百年蓮霧。我想起人類學家李維史陀，想著是否也該像他一樣，從此在心裡種上一棵蓮霧樹。詢問此屋是否有人居住，他說：「我們還住在這裡，只要我們在，就可以參觀。」他的談吐不俗，帶著文人氣。此時，屋內走出一位同樣園丁打扮的婦人，面目不見風霜，心想他們應是夫妻。

走出古宅，昔日門前的小橋已消失，環繞的河流不復見，牆邊果樹亦置換成草地。我的腦海中盤旋著諸多問號，想起同樣來自義竹的外婆，想起曾經保存鹽水八角樓第二進做為自宅的舅公翁鐘五，隱隱覺得似乎有什麼連結，存在於這座修葺完美的翁清江古宅和廢棄多年的翁鐘五故居之間。

上網搜尋，方知我以為的園丁其實是設計教授翁英惠，他是這座翁清江宅的另一位主人翁清曲的孫子，擔任此嘉義縣定古蹟修復工程的藝術總監，他的兄長翁啟惠院長負責經費統籌。從舊時合照相片得知，我的舅公翁鐘五醫師在東京帝大醫學部研究科期間，曾探望翁英惠留日的父親翁太閣，並在翁太閣於此古宅結婚之時擔任證婚人。果然，一個姓氏，牽連出幾代人的繁衍與凋零。

車窗外，嘉南平原的草浪綠光，像是不斷複製貼上的黃綠色塊，無邊無界。夕陽下，寫滿生命力的遼闊農田、子孫永保的氣派家業、榕樹穿牆的廢宅大院，皆以各自的姿態訴說著世代的傳承。歲月在流金光影中穿梭，我想起馬奎斯的《百年孤寂》，虛幻與現實交錯，陳年的氣味，絲絲縷縷，如百年的塵埃。

（中華日報副刊2022/1/5）

15. 台北・我的家

「妹妹好勇敢喔！」醫生一面打麻醉針，一面讚美我。五歲的我，還來不及驕傲就昏過去。醒來，只記得天花板上那盞好大好圓的燈。

術後必須回台大醫院復健，媽媽把我託付住台北的乾媽，便回台南教書。每天黃昏，隨乾媽的婆婆至頂樓收衣服，我認定遠山背後就是家，到現在還記得那顆看了就想哭的夕陽。

乾媽的婆婆很老了，我喚她奶奶。白天，家裡只剩老人和小童，賣菜車一來，奶奶便從陽台垂下小塑膠籃，籃中置一小石壓住鈔票。菜販依奶奶從四樓傳來的指令，放入蔬果和找錢。我們一老一少便像汲取井水一般，小心翼翼地往上拉。

上了小學，每年寒暑假仍須回醫院校正我那隻不專心的左眼。那一段清晨摸黑搭七小時火車顛晃到台北的長路，常使我想把家放在拖車上，連人帶床載到台北。直到青春期，我的視神經已諧調固定，才結束這段南北往返的日子。

國中畢業到台北讀師專，五年皆須住校，六人一室。室友幾乎都是台北人，很訝異她們從未搭過火車。第一年，我的衣物、壓歲錢，經常一聲不響就離家出走，對十五歲的我而言，那真是一段不容易的時光。初上台北的我，眼中沒有壞人。

週末，室友們皆返家，空蕩的寢室只餘我一人。女生宿舍流傳的鬼故事讓長夜更長了，傳說夜半時分，跳樓的學姐會飄盪在女廁，嚇得我寧可憋尿也沒勇氣到走廊盡頭上廁所。常趁舍監入睡後，偷打開寢室大燈，即使室內亮如白晝，仍徹夜撐著疲倦的雙眼，也不知在戒備什麼。

寒暑假時，我終於可以回台南安心睡覺，在滿桌的意麵肉圓鯽魚鱔魚虱目魚當歸鴨臭豆腐中，得到夠用半年的補給與修復。如此飽食終日直至假期過半，媽媽便要我回台北繼續去畫室上課，於是，我又借住乾媽家。

那時，乾媽已從靜巷公寓搬到大馬路旁的電梯大樓，我和奶奶同住一室，我睡上鋪，她睡下鋪。每天我從畫室帶回一幅石膏炭筆和一張靜物水彩習作，獨自在家的奶奶，總是用我聽不太懂的江蘇腔國語讚美我的畫。

一回，與奶奶說起在國劇社學唱《拾玉鐲》，她便打開五斗櫃，從紅色絨布小袋中拿出一個玉鐲，告訴我她曾經有一個美麗的么女，在差不多我這麼大年紀的時候，走了。「逃出大陸的時候，我一定要把她的鐲子帶出來。」奶奶話語剛落，眼淚便滴在玉鐲上。十六歲的我，未曾遭逢生離死別，無從想像奶奶的心情，也說不出任何安慰的話語，心底有點詫異一個老母親的哀傷會如井般深長，即使歲月已流過四十年。

踏出校園，迎接我的是台北的遊牧人生。我和姐姐合租一個房間，與房東同住，不能用廚房，餐餐外食。房東太太在自家地下室代客修改衣服，每日為上夜班返家的房東先生煮宵夜。一陣陣食物的香氣竄入房間縫隙，不斷分泌的口水夜夜淹沒我的睡意。

兩個月後，房東皺著眉頭，一臉憂心的通知我們一個月內必須搬家。原來他只是二房東，房價狂飆，屋主急售這棟緊挨著瑠公圳，前院種著九重葛玉蘭花，後院還可晾衣曬被的一樓公寓。

房東決定咬牙購屋，不再分租。我和姐姐每天下班後四處尋屋，像兩隻寄居蟹急於找到下一個遮風擋雨的殼。每當天色轉暗，望著遠方一窗窗溫暖的燈火，所亮之處皆與我無關，站在台北街頭，四顧茫茫，不禁生起無處棲身的喟嘆。

後來，我和姐姐匆匆向一對年輕夫妻分租了一間套房，他們也是二房東，依然多所限制，不能用廚房，不能用洗衣機。彼時，我重回校園，每個星期日帶著在畫室打滾一天的油畫顏料和亞麻仁油氣味，回到租屋處。晚上，終於得空在洗衣板上搓揉那已堆成小山的衣服，心裡總是嘀咕：為什麼不發明免洗衣？

當朋友介紹小碧潭邊有整層公寓出租時，我和姐姐毫不猶豫地立刻搬到那個客廳空蕩得可以跑步，還有廚房可以煮食的大屋子。添了冰箱和洗衣機之後，我第一次在台北看到家的模樣。

某天，路過租屋佈告欄，看見一張「二手傢俱急售」的紅單，遂登門尋寶。小腹微凸操外省口音的主人說：「我們要移民美國，屋子裡看到的，全部隨妳們搬。」最後，我和姐姐以幾乎免費的價錢，搬回一屋子床桌椅燈，連一台十六絃的古箏都跟我們回家了。

二十五歲那年到美國讀書，出國前，將身邊細軟打包寄回台南。一眨眼，落腳台北已十年。

初抵洛杉磯，第一位房東是台灣移民的外省老太太，每天不嫌煩地叮嚀我，洗米水一定要端到屋前澆花。她經常撿拾我切完玉米粒之後丟進垃圾桶的梗子來熬湯，這動作總讓我想起米勒的〈拾穗〉。每當我炒最後一道菜時，她便像背後靈般，緊緊相隨，不斷提醒我：「別關瓦斯！別關瓦斯！換我炒。」根據她的說法，這樣做可以節省打火石的壽命一次。地下室還有一台她藏的超市推車，她說：「反正還會去買，不用還。」一生籠罩在逃難陰影下的房東老太太，即使擁有房產，又已從台灣逃到她認為不會有戰亂的美國，仍不改囤積和克難的習性。

一年之後，租約期滿，我和先生火速搬離，住進一房一廳的出租公寓，終結房東老太太無所不在的雷達干擾和無窮無盡的絮絮叨叨。不再和房東同住，生活上自是自在許多，我們小小的客廳，假日經常聚集了許多單身的台灣同學，有家鄉味的廚房，就是異鄉遊子共同的家。

有一段時間，一位剛從東岸完成學業打算在加州謀職的朋友，暫住我家客廳。我十分好奇她如此渴望留在美國生根的原因。

「難道妳不想回台灣嗎？」我問。

「我們外省人從大陸逃到台灣，不會把台灣當成家。頂多，只是個中繼站吧？」

「可是，妳不是在台灣出生的嗎？」據我所知，她從未去過大陸。

「是啊！但是，我對台灣沒有故鄉的情感。爸媽傾盡所有讓我留學，就是希望我想辦法留在美國，然後把他們接過來。」她語氣堅定的說。

「對我們而言，美國才是最終的、最安全的落腳處。」原來，我們雖然來自同一處，鄉愁卻各自一方。時代是莫之能禦的洪流，生命的劇本裡，每個人或有已設定的角色和不可逆的路徑，是好是壞，各自承受。

五年的洛杉磯歲月，複製了台北一次又一次的遷徙，令我懷疑自己是否吉卜賽人投的胎，內建流浪者的浮萍基因，就像米蘭．昆德拉說的「永遠無法逃脫生命的主題，以為的『新生活』，只是用似曾相識的東西所譜成的一曲變奏。」

完成學業，返台定居，碰巧又租回出國前住過的那間公寓。熟悉的三房兩廳，窗外灑入的陽光、清晨五點樓下豆漿店鍋爐的碰撞聲，在台北生活過的證據全都回來了，彷彿我從來沒有離開過。台北之於我，變成家鄉般的存在，想起米蘭．昆德拉所寫：「一個人年輕的時候，看不出時間像個圓圈，反而覺得時間像一條直直的路，永遠帶著他走向不同的遠景；他沒有想到，他的生命只有一個主題；關於這一點，他要到後來才會明白。一直到，生命譜出最初的變奏。」

三十五歲那年，在台北買了人生第一間房子，那一間一間曾經租過的房子，宛如我的生命史，

在生命的不同階段刻記不同的切面，一次又一次地打磨我對擁有一個自己的房子的渴望。

交屋的那一刻，彷彿找到和台北嫁接的方式，我與台北，終於打了一份家的契約。

（中華日報副刊2022/3/16）

輯二

浮世繪寫

1.最初的調色盤

若要找出我的人生之所以與調色盤為伍的原因，必須回溯到我剛進小學時。

整理抽屜，發現一本《台南縣美術資優兒童輔導成果報告》，發黃的毛邊保留了童年的質地，宛如時代的戳章。封面是我小二畫的鹽水武廟水彩寫生，簡介寫著：「她是唯一接受兩期輔導的孩子，屬於全才的兒童。講故事比賽得過全縣冠軍，也能彈一手很棒的鋼琴……」幽黃的歲月光影中，我突然想起一些遙遠的事。

我不是一個安靜的小孩，唯獨畫畫可以讓我甘願不動直到畫完為止。每到週末，十幾個小孩，背著和身高差不多的畫架，一手拿畫板，一手提畫具，畫遍鎮上武廟媽祖廟魚市場，又包車遠征台南安平港寫生。關於魚市場的氣味和運河的水光，依舊十分鮮明地停留在我的記憶之中。

帶我們到處畫畫的是學校的郭主任，他是鎮上有名的藝術家，總是滿臉笑容，真心對學生好。每當我被學校指派參加美術或書法比賽之前，媽媽總會帶我到主任家，一對一賽前集訓。

主任的屋後是他的雕塑工作室，印象中高大的棚子內有許多待刻的石碑，還有一座等身大的國父座像。我經常爬到國父的腿上吃師母為我準備的小餅乾，也或許是當時看多了五燈獎，幻想那種「登上衛冕者寶座」的感覺。直到讀師大美術系，我仍喜歡爬到素描教室高台上的摩西石膏像，靠在堅實的座像，如此安穩，如此放心，或許是潛意識裡懷念小學那段快樂無比的畫畫時光。

小時候最喜歡看學校的《中華兒童叢書》那是一系列的繪本讀物。其中有一本是郭主任的作品，寫他家鄉澎湖的咾咕石和落花生，帶有自傳的意味。殘存的印象裡，《國語日報》曾出現一篇書評，考據郭主任對咾咕石名稱的誤用。小小的我讀了忍不住在心裡抱不平，這不過是一個努力在貧瘠土地上種出花生的少年回憶啊。他是那麼優秀那麼勤奮的創作者，何須如此指責。如今，中年的我已明白高處多風，想必當時中年的郭主任應是寵辱不驚。

這個美術培育計劃，自我小一起延續了四年才停辦。後來，我以縣長獎的成績進了私立中學，從此全力衝刺學科，中斷美術的學習。直至考上台南女中，選讀北市師專之後才重拾畫筆。住校五年，每到週末便四處學畫，直到考進師大，直到出國回來。

如今，我早已過了郭主任當年教我的年紀，成了一名高中美術班老師，也寫了幾本書，不知不覺做了郭主任曾經做過的事，像是今昔複沓重合的一段路徑。郭主任好似手機地圖的游標，隱隱然引我前行。想起他在調色盤上教我調顏色，宛如魔法，帶領我找到通往繽紛花園的路。每當我壓好紙鎮示範書法時，總會想起他犧牲假日指導我的無私付出。直到自己成為一位老師，才明白永遠笑臉對學生之不易，才發現郭主任是何等耐心待我，如春風，如慈父，如我生命的紙鎮。

腦海中家鄉的一切，始終停格在童年記憶，記憶鏡頭裡的郭主任永遠不會老，想起他就想起他微笑的眼睛。直到有一天，得知郭主任已過世多年，突然有一種被什麼卡住胸口的感覺，一種懊悔的心情。我想起齊邦媛《巨流河》中寫的：「故鄉可以是一片土地，但應該是那一群人，那些在你年少時愛過你，對你有所期待的人。」

忘了最後一次見郭主任是什麼時候，年少的我並沒想過光陰無常，也不太確定自己未來的模樣，始終沒有對他說出心中的感謝。如今，能做的只有傳遞他曾經給我的溫暖，轉成對學生的關懷。仰首天地，彷彿看見郭主任正慈祥地摸著我的頭說，這就對了！彷彿看見他笑得像彎月般的眼睛，如天上的星。

（中華日報副刊2021/6/1）

Lily

2. 戲夢塗鴉

相簿裡一張褪色的劇照，喚起我十八歲那年國劇公演的回憶。隔了數十年，我依然還能聽到京胡穿繞舞台的幽幽高音，像是張愛玲在〈談音樂〉中，寫到胡琴「雖然也蒼涼，到臨了總像著北方人的『話又說回來了』，遠兜遠轉，依然回到人間。」

十五歲到台北住校讀師專，假日經常和國劇社的朋友，走到離學校不遠的國軍文藝活動中心看戲。當時，對扮相典雅、唱腔婉轉的國劇十分著迷，那一個個粉墨登場的劇中人物，就像從舊時代走出來的人。

彼時，一代青衣顧正秋、扮相絕美的魏海敏、博得滿堂彩的郭小莊，都是我們國劇社小女生心目中的女神。一群年輕人，到國父紀念館看郭小莊「雅音小集」演出《白蛇傳》，擠坐走道階梯，看得如癡如醉。國劇唱詞古典，有一種老派的優雅，某種程度形塑了現在的我。

國劇社社員本來就少，但是，學期末的年度公演，生旦淨末丑皆需有人扮演。國劇對不同角色各有嚴謹的規定，無論是妝容、服飾，唱腔、唸白、步態，皆遵循古法，追求「有聲皆歌，無動不舞」的境界。

社團老師認為我的聲音適合唱，遂指定我學青衣，公演時飾演《春秋配》裡飽受後母虐待，被逼上山撿柴的體弱閨秀姜秋蓮。和我搭配的是一位音樂科女生，反串飾演李春發。學妹扮老旦演乳娘，學弟反串演後母。透過戲劇扮演，年輕的我提早觸著人生的離合哀樂，

彷彿多活了一個人生。

社團個別課，老琴師拉京胡，我尖起小嗓一句一句跟唱，就像以人聲提煉出來的小提琴和胡琴對話，終於體會到為什麼張愛玲會形容小提琴是「樂器中的悲旦」。下課後，反覆聽錄音帶練唱，直到板眼合拍。

除了唱腔之外，還需講究身段。我經常站在女生宿舍的落地鏡前，穿著長衫練習抖水袖，務求迅速到位。或是雙手蓮花指一上一下置於胸前，垂首斂眉，練習腳尖翹起走台步，維持每次半個腳掌的移動。如此步距，不慢也難，不優雅也難。

那年暑假，國劇社所有社員皆參加在復興劇校舉辦的國劇夏令營，為國劇公演做準備。劇校的團體生活辛苦難忘，每日清早五點起床，先單腳輪流跨上花台拉筋，再來回踢腿數趟，保持身段柔軟。接下來，喊嗓拉嗓吊嗓子，維持聲音清亮。

白天的課程，青衣、花旦、刀馬旦各自分班，青衣組學唱《蘇三起解》。短短一週的打磨，使我體會到「台上三分鐘，台下十年功」這句話的真實。時移事往，到現在我仍能唱幾句：「蘇三離了洪桐縣，將身來在大街前，未曾開言我心好慘，過往的君子聽我言……」

畫妝上戲的公演日終於來臨。

舞台側，文武場一字排開，後台更是精彩忙碌。化妝師以雙掌夾住我的雙頰，眼尾往上一拉，迅速用長長的布條綁緊，鏡中的我，立刻有了一雙上翹的丹鳳眼。接著，戴上幾斤重的頭套，插上成排晶亮的水鑽髮飾，頓時轉頭變得無比遲緩。最後，疊穿一層又一層華麗的織錦戲衫，彷若一尊身不由己的戲偶。恍然明白，大家閨秀蓮步輕移端莊優雅，回眸轉身皆慢而無聲，原來是這一身行頭造成的。

輪到我上場，緊張難免。一出場，先跟著鑼聲板眼來個俐落的亮相，唸白帶著唱腔：「母親萬福」，感覺丹田氣勢扣住了觀眾目光。只是，國劇舞台本就空蕩，孤單立在場中，有一種無所遁形的不安，特別是間奏「過門」的時候。中場，快速脫下粉色室內華服，變成外出青衫。再度出場，唱起柔腸百轉的二黃調，又唸又跪又挨打，終於穩定唱完整齣戲。

歲月消磨，往事流轉，生平只公演一次，放在記憶裡就是一輩子。如今，沾染歷史煙塵的國劇，就像一齣過時的懷舊戲，在缺乏耐心傾聽溫柔訴說的網路世代，觀眾日稀，承習者漸少。猶如泛黃古畫的青綠山水，兀自漫漶，兀自湮遠，在時光塵埃裡，隱約浮現很多人走過的一生，如流金閃耀。

（人間福報副刊2022/2/24）

3. 昨日顯影

空氣中飄浮著一股似曾相識的酸味，在記憶裡翻找，喚起多年以前在暗房聞到的氣味，那是顯影劑的味道。

我想起二十歲時，那一段相機不離身的日子。那間絕對漆黑的暗房，經過歲月的顯影再次成像於腦海，以氣味召喚出記憶底層被攝影銘刻的年少時光。如同村上春樹在《第一人稱單數》所說：「那些只不過是我瑣碎人生中發生的一組小事。如今看來，是人生中稍微繞點路的插曲……然而那些記憶，在某個時刻，想必會穿過遙遠的漫漫長路前來造訪我，並且以不可思議的強度撼動我心。」

彼時，我參加學校的攝影社，擁有人生第一台單眼相機。相機入手之初，日日練習以左手掌穩穩的托住鏡頭，右食指按下快門而不晃動。透過觀景窗，穿過層層凹凸透鏡，我知道裡頭有我想看的風景，一個裁切的，詩化的世界。

學攝影原本只為了繪畫取材，加入攝影社之後，假日很常在外面遊蕩，時而野外，時而街頭。一機在手，就像美國作家保羅．索魯筆下薩伐旅(safari)的獵人，熱衷於搜尋細節，等候光影，捕捉眼前流動的一切。直到閱讀經典的攝影作品之後，嘗試運用攝影語言，開始拍出以攝影美學為考量的構圖。可能是微距鏡頭下牆角閃著綠光的蕨，可能是長鏡頭裡窗台眼神警醒的貓，可能是公園長椅上獨自盹著的老人。有時是晨曦眉批過的林梢，有時是夕陽簽了名的淡水河，有時是日光在半開的窗留下的一道道落款。目遇大千光影，隱隱生出一股念頭，攝影可以有更深邃的可能。

相簿中，更多的作品是社員互拍的人像練習。攝影社人數不多，外拍課時我們幾位女生必須輪流當模特兒，在灑滿陽光的大自然裡站成一道風景。三十年的歲月走過，我轉身思考，為何不拍男生？此刻的戶外攝影，依舊常見獨拍女性的側影回眸或特寫，這是否意味著至今仍然看不清的一些什麼？

學校的攝影社有一間小小的暗房，約莫三坪大小。所謂暗房，真真是全然的黑暗，我第一次體會到「伸手不見五指」的意思，就是在暗房。那無邊的黑暗令人對身旁的一切無法感知、無法測度，唯一的照明是在不影響曝光時那微弱的紅光。

自己沖洗黑白膠卷，是攝影社必修的暗房技術。等待影像出現的短短幾分鐘，彷彿謎底即將揭曉，讓人興奮又焦灼。看著浸在顯影槽的相紙緩緩浮現影像，黑白灰的層次漸漸清晰，心靈的滿足不可言喻。暗房裡一張張的相紙，以展示獵物般的姿態夾在繩上晾掛著，有一種古典的味道，像是記錄了一時一地的光影。中年的我，回過神才領會，那是一生一世再也無法重返的瞬間。

1839年照相機問世以來，攝影與繪畫的關係始終是個糾結不休的話題，相機的發明觸動了秀拉的新印象派，催生了巴拉的未來派，崛起了紐約的照相寫實主義。想起在美國讀研究所的一件舊事，放假時迢迢抵達心心念念的猶他州拱門（Arches）國家公園。各種拱門造型的天然巨石撲面，引發極大的視覺震撼，不禁舉起相機猛拍。一時激動，換膠卷時竟裝入已拍過的底片。不意重複曝光之下，造成交錯拱門分割構圖的偶然效果，頗有超現實主義幻麗的意境，像極了以實驗性的手法傳達朦朧意涵的前衛作品，真是一場美麗的錯誤。

當智慧型手機全面佔領了數位年代，底片需求幾近終結，早年假手照相館的諸般依賴，格放、翻轉、修圖、去背，如今皆在手機完成。街頭只餘幾家寂寞照相館，相片修圖師悄然離去，家中的相簿不再逐年增生，沉睡在防潮箱的相機也像時代的眼淚，石化了，淡出了，遺忘了。

抽屜深處一張張泛黃的黑白照片，像是一則則允許重提的往事，好似年輕的我為未來留下的伏筆。疊影曾經走過的夢想石階，回到盡是晴天的青春現場，那是一種追憶，一種挽留，是少年十五二十時用鏡頭寫下的一首不褪色的詩，從遠方傳來。

在時間長河投入小石，波動的水光中，緩緩浮現存放在影像檔案裡的昨日之我，一晃一晃，如蒙太奇跳接。故事還在，彷彿還記得肩上相機沉甸甸的重量，彷彿還聞到顯影劑的氣味從暗房飄出，久久不散。

（人間福報副刊2021/5/26）

4. 走在青春那條街

時常，我想起大學生活，就想起那條街。

在師大讀書，長長的師大路底就是美術系館，熱鬧的師大夜市與系館僅一牆之隔。每當畫累了肚子餓，穿過花圃小門，便是師大夜市。

我的大學歲月，很大的比例是在師大路周邊盤桓覓食，那是我生活的版圖。當時還沒有捷運，走在師大路上，腳步悠緩的行人，左顧右盼，目光不約而同聚焦在兩旁冒著熱氣的食物。樸園的燜雞簡餐，無限量的白飯和無限淋的雞汁是我的心頭好。三十年過去，樸園、溫厚自助餐、轉角蚵仔麵線、巷口肉圓四神湯，皆已消失。只剩林園粗食和生炒花枝羹，依然挺立在除了衣飾店還是衣飾店的師大夜市。

那時，青春正盛，幾攤小吃光顧一遍還外帶。走進系館，遇見課堂上談論食器杯盤美學的設計教授。他見我們人手一袋，以竹籤插食許家水煎包，搖頭笑著說：「你們這是丐幫文化。」覺得我們對生活不講究堅持。我很喜歡上他的課，他問：「為什麼杯口都是圓的，不是方的？」我便記得設計物品，實用必須優先於美感考量。美術學久了，時不時會拿出心裡那把美學量尺，到處丈量。不知不覺成了見不得歪的亂的醜的事物的人，成了不隨便與生活妥協，寧願勒緊褲帶也要堅持品味的挑剔之人。

穿越夜市，再過去一點就是美術社。美術系的學生，逛美術社就像主婦逛市場，必須添購畫具顏料紙張才能成就畫面。那時，有個外省老兵經常在系館前的石椅擺攤，專賣進口畫冊。無論維梅爾、沙金特、徐悲鴻、李可染，中西流派畫稿字帖皆有，每回見到，我必定失心收藏。走遠一點的泰順街44巷，有常去的裱畫店。畫作配上合適的框，就像琢磨多日的長篇小說，終於等到一個圓滿的句點。林林總總的這些，都是除了三餐吃食之外，不時偷襲我荷包的刺客。

偶爾，口袋有餘裕，才會到巷弄分支裡，一樹雞蛋花溢出牆外的布拉格咖啡館。那若有似無的花香隔開了俗塵的喧鬧，在流洩的音樂和褐色調的木質空間裡，以小銀匙輕攪糖粒，端起骨瓷杯，啜飲添加文藝氣息的咖啡，彷彿摸到了生活的輪廓。不是當時街角初初興起的小歇泡沫紅茶店那一種，而是接近古典油畫裡的生活情調。

系館附近有一家饅頭店，素描課前，總務股長負責提來一大包切成小塊的白饅頭，那是畫炭筆用的橡皮擦。只要去皮，手指一捏，天然的軟橡皮就形成了。這樣擦出來的炭色調子比較微妙，也容易壓出小塊面。饅頭一放上靜物台，我經常手上捏一塊，嘴裡卻塞了二塊。現在回想起來，從年輕的時候，我對食物就有一股無所不在的熱情。

師大路繼續走下去，隔著一條羅斯福路，過汀州路，已是師大路的尾端。像是藏寶圖卷展開到最後，高架橋邊出現一棟大廈，那是水彩教授的家。每個星期日早上我總懷著挖寶的心情，到教授家學水彩。師母一面在廚房忙著，一面俐落地招呼我們。小小的客廳七八個畫架圍著靜物台，有時連餐桌都成了畫桌。儒雅帥氣的教授需要休養，近午時分起床，正好趕上幫學生收尾改畫。那段學畫的時光，我清楚地看見藝術家生活的細節，那是一種對美的信仰，溫柔浸透到日子的內裡。

直到現在，我仍時常到師大路，於我這是歲月行過的道路，也是如今的補給站，美術的、生活的，我清楚的知道哪一條巷弄裡有我需要的什麼。

一出捷運台電大樓站，轉進師大路，尋常巷口麵攤飄出飽滿的食物香氣，瞬間將我帶回不知人間疾苦的大學時光，驀然找到二十歲的自己，腳步忽然輕盈了，那是青春的節奏。

停在師大路口張望，錯肩來去的人流裡，美依然是我的嚮導，飄忽，遙遠，如一個謎。從年輕走到此刻的青春這條街，有吃食，有人生，還有我猶未醒轉的藝術夢，在更遠更長的下一條街等我，為故人，為舊事，為足跡。

（中華日報副刊・主編精選2021/5/24）

Lily '05

5. 流動的時光

正午晃盪在溫州街的巷弄中，市聲喧鬧拋擲身後。樹葉邊緣鑲上金光，路面被葉隙光影鋪灑成豹紋地毯。轉角，是舊昔時代的日式宿舍，如今已變成幾座廢墟，門口的花園一片荒涼，屋角老榕樹像相撲選手般壓著老磚牆，藤蔓植物穿梭而入，彷彿可以聽見窸窣窸窣匍匐的聲響，宛如走入超現實主義盧梭畫裡的荒野森林。

有一種曾經置身其中的幻覺，好像重回許多年前的星期日，總是搭上前往遙遠陌生站牌的新店客運，來到那幢充滿油畫作品的日式老屋。回想第一次到那幢日式老屋，提著畫箱從陽光飽滿的碧潭橋頭轉入曲折小徑，庭院光影翠綠，老樹的枝椏吊掛著植物。推開紗門，油畫氣味迎面而來，滿牆目不暇給的畫作，令人感到自身之渺小。跟著同學挨擠在畫室中，把顏料當作青春養分大把擠在調色板，畫上一整天，那幢日式老屋就以這樣的緣分留在記憶裡。

畫室裡住著一位上了年紀的外省老兵，出入的學生都喚他張爺爺。每個星期天早晨，張爺爺會煮好咖啡等著我們，他總是坐在藤椅上，拿著保溫杯啜飲著茶，微笑地看著這群一邊畫著靜物一邊吱喳交談的孫兒輩，非常溫暖友善，就像我們共同的親人。

張爺爺就像是《百年孤寂》裡的邦迪亞上校，半生征戰之後，安靜地獨守那幢老屋，在自己的小房間裡回想漂流異鄉的一生。每次到飯廳長桌倒咖啡的時候，我總會不經意望向張爺爺昏暗的起居室。他的房間很小，自天花板低懸一盞小罩燈，點了燈還覺得昏暗。牆邊放單人床，牆上除了日曆和印著國旗的蔣中正照片之外，還掛了一包包看似是老人常備良藥的東西，只要經過房門，便隱隱聞到一股萬金油或薄荷油的味道。桌上擺了幾罐茶葉和克寧奶粉，桌角那台小小的收音機，是張爺爺和這轉速過快的世界接軌的唯一通道。

張爺爺吃食簡單，作息在相同的軌跡中重複運行。好天氣的時候，基於養生的理由，張爺爺會到院子外的花徑來回散步，他慣常邊走邊計數，像是在尋找地上的銅板那樣的走著。

「巷口花開了！你們要不要去寫生？」張爺爺偶爾會以他那不知哪個省分的口音，告訴我們他散步時的發現。

對彼時熱衷追隨印象派描繪戶外光影的我們來說，是令人雀躍的情報。我們總毫不猶豫地拎著畫布提著畫箱，坐在樹旁牆角或屋簷下，捕捉花叢樹影隨時間移步的輪廓和顏色變化。綻放的茶花、斑斕的變葉木、雜駁的磚牆縫隙中舒卷的爬牆虎，暈著綠光的遠近樹木輪廓，那真像是走進光影顫動的莫內花園。

我經常是最快畫完的人，收拾畫具的時候，張爺爺總是站在我的作品前欣賞著，認真的說：「妳畫得又快又好。」他就像一個慈祥的老者，溫和謙卑，不會抓著人就沒完沒了的無限重播自以為光榮的人生傳奇，也不會逢人就傾倒冗長無意義的瑣碎日常，儘管整個星期之中，只有假日我們到來時，這清冷的老屋才有笑語人聲。我已把張爺爺當成了畫室的一部分，他就像是阿公般溫暖的存在。

和許多遷徙到台灣的老兵一樣，張爺爺揹著命運交織的故事，活成了獨居自炊的暮景老人，複製貼上著每個相同的日子。某次，到畫室卻不見張爺爺，才知他半夜解不出尿，膀胱都快撐破了。畫室老師接到張爺爺的電話，緊急將他送醫。張爺爺住了幾天醫院，回來以後，看起來更像一張褪色的舊報紙，帶著枯槁的神色，我幾乎可以聽見生命從他身上擦過的聲音，感覺他正慢慢朝著衰老的世界走去。

出國前沒說什麼離別的話，揮揮手就走了，我想那不過是短暫的分別。留學的日子，我像一隻獨自孵養珍珠的蚌，透過維梅爾、杜布菲、羅遜伯格的畫作，摸索自己未來的藝術樣貌。我的畫布裡不再只出現古典人像，不再只關注印象派的風景，透過反覆實驗，一步步探索我所想望的藝術世界。

我經常整天關在研究生的工作室之中，面對畫布不斷嘗試修正。獨自在偌大的空間畫著的時候，時常會想起張爺爺。生命中無可閃避的動盪，像一塊石頭般被掀了開來，我看到底下的孤單與無奈。在平日只有堆滿未完成的畫布和揮之不去的油畫氣味的空蕩畫室中，張爺爺是如何靜蟄在空寂無人的老屋中，度過千篇一律的日子？

出國前的我還太年輕，離別經驗匱乏，無從體會流浪者內心的感覺，也不曾意識到，有一天孤單也會走來我的面前。移居異國的城市，彷彿突然降落冷酷異境，活在別人的夢境之中，茫然的，孤零零的，就像走入愛德華．霍普那些充滿「所有人到最後終究還是一個人」氛圍的畫作裡。

回國之後，我和畫室同學漸行漸遠，我不曾再回去那間最初萌發我畫家夢想的畫室，但一直在心中默默掛念年邁的張爺爺。後來，輾轉聽說張爺爺逐漸失去生活自理能力，被安置在花蓮某個安養中心，想起真是無比感傷，無比懷念。

人生是個加速的過程，一晃眼過了三十年，少年時代的畫友同伴盡皆散去，大多成為面目模糊的路人。我或許已經破繭而出，在持續的創作勞動中，慢慢地，慢慢地，從青春的碎片中長出堅韌的自己。往事如深井，如油畫般魔幻的色彩在眼前不斷晃動，那些生命中許多擦身而過的緣分，在回憶裡無止境的延伸。我清楚意識到，人生的每一個片段，都有最好的，最值得珍藏的遇見。

許多年之後，終於又來到碧潭。一條河流在公路側邊，那條河流已經不是原來的那條河流，有些場景持續流變累聚在河床底，就像堆疊在油畫布底層的顏料，隱身成為審美的背景。而今我才明白，昔日之夢是無法言喻的奢侈，年輕時的我並不知道那些美好的人事，終究會被歲月的畫刀層層抹去。

站在碧潭橋頭回望，我看不見記憶中畫室深灰色的老屋簷，如今，只見一座被綠色鐵皮包覆的兩層樓房。畫室招牌還在，紅色木門還在，灰舊的門鈴也還在，我清楚地感受到老屋就藏在鐵皮屋裡面。

那一刻，從記憶裡湧現一個意象，一種回聲，我彷彿看到燦亮夏日裡一間有樹有花的庭院，那庭院之中有一位單薄的老人，正掀開花布門簾，微笑地招呼二十歲的我。於是，我彷彿聽見他親切的說，妳來了！而且，彷彿也聞到一陣陣咖啡的焦香。

（中華日報副刊・主編精選2020/11/11）

6. 異鄉的便車

回想洛杉磯的求學時光，搭便車成了一種日常。我不習慣開快車，在公路網密織且大眾運輸匱乏的洛杉磯，高速公路入口遂成為我的結界，我只能利用一般公路上學和買菜，到不了遠方。

我的日本同學小星是公車族，遇到校外參觀課，我倆便結伴搭同學的便車。小星的膚色雪白，宛如童話故事裡走出來的白雪公主，她來自冰天雪地的山形縣，令我想到日劇《阿信》的故鄉。礙於日語發音的影響，小星很安靜，總是一逕微笑，經常是我說，她點頭。要不就是我寫中文「冬粉」，她寫漢字「春雨」，確定彼此說的是同一種物事。

珍妮是美國長大的韓裔年輕女孩，常讓我和小星搭便車，似乎不覺得已婚的我們比她老。有次，她告訴我打算從家裡搬出來與男友同住，我直覺地問：「妳媽怎麼說？」她驚異的瞪大眼睛笑著說：「為什麼要管媽媽怎麼說？」（Why would I care what my mom thinks?）我的老派，無所遁形。

愛爾蘭裔的同學肯尼，從紐約來好萊塢打天下，除了上美術研究所，平日是個臨時演員，散發著一種混合神經質與表演欲的氣息。某次，我和小星搭他的車到洛杉磯博物館上課，他興奮地說他和湯姆克魯斯同台演出了！我比他更興奮地問湯姆人怎樣？肯尼告訴我，湯姆主動跟他打招呼問好，絲毫沒有巨星的架子。記得那部片子是吸血鬼，我心想，肯尼蒼白瘦削的臉，還真的不怎麼需要化妝。

有時，肯尼忙軋戲，我們便改搭上海同學老張的便車。老張是文化大革命的倖存者，費勁來到洛杉磯，打工過活。他繪畫底子頗強，但一身病痛，經常開一陣子車，就必須拿出眼藥水來點，高速公路行進中，那簡直像是特技表演。現在回想起來，年輕的我怎麼不覺得這樣開車很危險？

教創作的教授要全班到她海邊的工作室上課，我搭的是美國女孩卡蘿的車。卡蘿和我共用研究生畫室，她身形嬌小，經常用貨車載一袋袋的水泥，獨自卸貨，再推獨輪車搬運，把水泥動手攪拌成雕塑作品的原料。卡蘿見坐在畫架前的我，一臉驚訝地望著勞動中的她，便說：「身高和我一樣的男生，再重的東西不也都是自己扛？」（Guys my height all carry their own stuff, no matter how heavy, so why wouldn't I?）卡蘿可以說是我女性主義的啟蒙者，彷彿在我的腦海裡標誌了一座獨立性的界碑，提醒此後的我，面對性別的真平等。

某次，討論課的議題是身體藝術，瑪麗邀師生到她家看她的作品並進行討論。她一面開車，一面告訴我，男友若嫌她菜煮得不好吃，她絕不隱忍，拒絕被馴化。當我說起正被催促生第二個小孩時，她正色望向我：「身體是妳的，只有妳自己有權決定。妳大可問她們：為什麼妳不生個孩子給我？」（Your body, your choice. You should ask them, why don't you have a baby for me?）瑪麗永遠不知道，她啟動了我的女性自主意識，影響我後來的人生決定。我恍然明白，在人生劇本中，不要輕易刪除身為主角的自己。

研究生第二年，我擔任版畫助教，課後必須整理器材。海倫常幫我收拾教室，偶爾載我一程。她是個豪爽的中學美術老師，言談時常提及女友，從不避諱自己是個女同。有時，為我解說對女性不友善的英文俚語，提醒我不要被欺負，讓我感受到同志細膩溫暖的一面。使我懂得，沒有人應該被貼標籤，沒有人的權利可以被剝奪。

倏忽返台二十多年，昔日同學早已消失人海不復尋。洛杉磯的日子，就像時間的斷層，積澱許多遙遠而模糊的故事。由於搭便車，多了與不同文化的藝術家交談的機會，我學會用不同角度看人看事，意識到人生沒有標準答案，社會的主流觀感並非唯一量度。那是縈繞我心底的座標，使得後來的我，想起這段解構又重組的時光，仍然能感受到血液某處隱隱的跳動，如此長久，如此深刻。

（人間福報副刊2021/3/31）

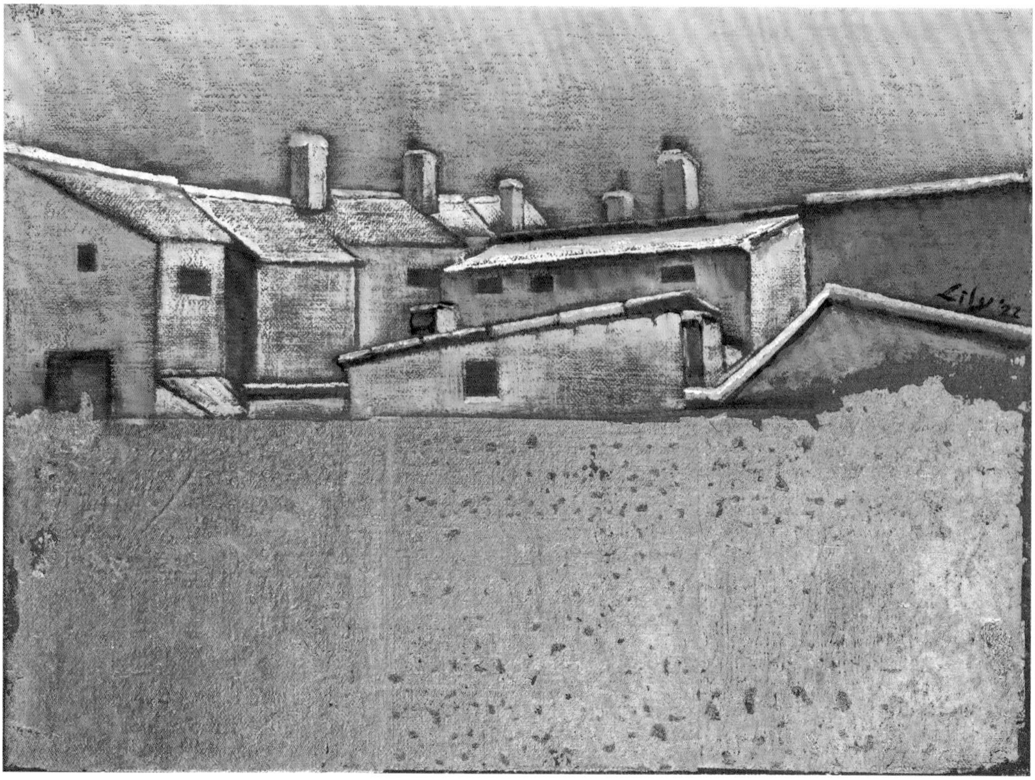

7. 感恩的感恩節

按照學校接待手冊的指示，我和先生收束整齊，早早開車抵達，一分不差地按了招待家庭的門鈴。依照美國人作客的習慣，遲到或早到皆屬失禮。

那年，初抵美國三個月，學校為了讓留學生體驗異國文化，感受過節的溫暖，特地徵求有意願的教授，招待留學生到家中共進感恩節晚餐。負責接待我們的是一對夫婦，先生是電機系教授，太太是小兒科醫生。

進門，一陣握手之後，送上來自家鄉的小禮物，賓主四人圍坐，一面喝茶一面介紹彼此。環視客廳，滿牆的書，層板上錯落擺放主人旅遊世界各地的小物，每一件都帶著身世與來歷。壁爐上，大小相框排成一列，靠窗有座平台式鋼琴，窗台瓶花盈滿綠光。室內雅致溫馨，生活細節無豪奢氣，是文化人的居所。

教授先生身材短小，眼神真誠而開朗。他推開客廳後門，帶領我們來到遠看只是一片綠的花園，空氣裡有一股特殊的香氣載浮載沉。跟在身後，方知剛才杯中漂浮的綠葉，正來自角落那株薄荷。小花園裡，步道兩旁看似略帶失序的野草閒花，遍植叢叢簇簇的迷迭香、羅勒、薰衣草和百里香，有一種自然的風致。我嚮往這樣的自給自足，入菜擺盤泡茶，隨手摘取。彼時，我的香辛料字典裡無有這類陌生氣味，慣習的只有台式料理中頻繁登場的九層塔、芫荽、芹菜和辣椒。

來到廚房，長形的流理台擺放攪拌機和食譜架，電爐上有一鍋燉好的湯。中島散置著蔬果食材，靜物一般。另一側嵌入一座大烤箱，是今日火雞大餐的主力。我在心裡複習著接待手冊上的建議，開口詢問女主人是否需要幫忙。高大的教授太太一臉和善，爽快地拿出手夾式壓蒜器，請我幫忙壓碎大蒜。婚前很少下廚的我，腦海中閃現我媽用菜刀豪氣一拍，大蒜應聲碎裂的畫面，想都沒想過美國的廚房工具竟依功能細分至此。

接著，幫忙用電動攪拌器打馬鈴薯泥做沙拉，那是火雞肉盤中的配菜。教授太太和我聊起做中國菜的經驗，令她非常沮喪的是，無法拿捏食譜上所謂的鹽「少許」、糖「酌量」，到底是多少？為什麼不用數字標示幾公克？我很能同理她的困惑，這些問題也同樣困擾著婚後剛踏入廚房的我。這或許是華人文化的模糊特質，意在留給各家各派發揮的空間吧。

我對火雞的印象是小時候到外婆家，鄰居養的那群有點聒噪又愛追著人跑的不友善家禽。這一晚，初次見到光溜溜的火雞，開腸剖肚，腹內被填入一堆香料洋蔥蘑菇麵包丁，蹲踞烤箱。當屋裡流動著烤雞油滋滋的香氣，便預告著出爐時間已到。女主人打開烤箱，用一根末端附圓形溫度計的金屬探針刺入火雞，確定肉已熟，感恩節的火雞大餐，終於登場。

男女主人分坐長桌兩端，我和先生對坐，成套餐具擺滿桌，有種上西餐廳用餐的正式感。即使知道美國人視雞胸肉為上品，好切易食，適合用來招待客人，我還是很羨慕男女主人盤中那隻碩大如湯杓的火雞腿。淋上醬汁的火雞肉片鮮嫩多汁，填充雞腹的配菜滋味深邃而繁複，拌入奶油的沙拉綿密地在口中化了開來。初嚐道地的火雞大餐，不僅翻轉了遊子的舌尖，也安置了面向遠方的想念。對平日節衣縮食的留學生來說，深具儀式感的火雞大餐是一場味覺難得的奢侈。當女主人詢問是否要添菜時，我們很客氣的表示已飽足，舉杯感謝招待，敬千里，敬人海，敬相逢。

飯後，落座客廳，一邊聽男主人彈鋼琴，一邊吃女主人預先烤好的蛋糕，啜飲現磨的咖啡，圍坐談笑。望著眼前金髮碧眼的他們，驀然覺得這一幕好不真實，心生一種彷彿走入外國電影裡的錯覺。所謂的他方日常，在初來乍到的我有限的視角中，是文化差異，是迢遙的所在。

牆上的鐘已近九點，按照手冊的指示，該是告別的時候了。回家後，那肥美彈牙的火雞腿，依然在腦海中揮之不去。深夜，我和先生兩人忍不住吃了一碗泡麵。我清楚知道，那不是真正的飢餓，而是味蕾深處無可取代的鄉愁。

初至異國，受邀到素不相識的長輩家過節，年輕的我們不免忐忑，整晚謹慎應對，唯恐有失禮儀。返台多年，時過境遷，回想起記憶餐桌裡不能磨滅的這一夜，像寒冬裡的一碗熱湯，撫慰了遊子的心，滿足我對異國節慶的諸般想像，也讓我對優雅自在的生活態度下了註腳。

中年的我，漸漸明白那一晚在洛杉磯難得的作客經驗，是陌生人的善意，是人間的溫情，是至今仍然無比回味、無比感恩的感恩節。

Lily 22

8. 曾經洛城

洛杉磯的風景是記憶裡的從前，無限的藍天不見一絲白雲，遠處是枯淡的荒山，空氣中瀰漫著太陽的味道，就像張愛玲描述的：「溫暖乾燥的南加州四季常青的黃綠色，映在淡灰藍的下午的天空上。」一九九五年九月，張愛玲過世於洛杉磯，生命的最後僅有一張行軍床和一盞太陽燈守著她，彼時，我和張愛玲身處同一個時空，正忙著過渡於結束學業與初為人母之間。

二十多年後，回訪曾經住過的洛杉磯聖蓋博市，古牆在，舊居在，我在。這裡路寬屋大、樹高草美，就是沒行人，偶爾才有一兩部車緩緩駛過。聞不到人間煙火，聽不見市井喧囂，安靜得像電影片場。陽光的質地、空氣的紋理、風的聲音，一如從前。

那年初抵洛城，地平線上單調的一切，並不符合我心中對美國大城的期待。空曠本身凸顯的是一種蒼涼，如同降落在寂寞星球，整個宇宙都變色走調了，我像是站在場邊看戲的觀眾，一股與世隔絕的孤獨感，揮之不去。

留學的日子，好似擱淺荒野的一頭鯨，想念千里之外那片熟悉的海。顏料和畫筆是我和世界對話的主要語言，以其象形，以其無聲，日復一日在畫布上蜿蜒出一條故鄉的河，猶如畫家亨利·盧梭筆下的〈沉睡的吉普賽人〉，在空山橫臥的沉默大地中，編織著只有流浪者才懂的夢。

結束學業時，我和洛城奢侈的陽光鄭重告別，終結身為外來者四顧茫然的不安，從空曠寂寥的地景回到放眼皆人的台灣，構築預想的人生。台北嘩嘩流動的街市模樣，能滿足我對生活的想像，容我大隱於市，亦容我穿街踏巷，在苔綠染牆的光影中，且行且畫，彷彿街上的顏色我都有份。不再有面對一座不屬於自己城市的格格不入，平凡的日子遂有了各種可能，深夜裡巷口麵攤猶有暖胃熱湯，轉角便利商店終年默默守候，我喜歡這種充滿生活氣味的安心感。

舊相片裡，走在洛杉磯紅磚道上推著娃娃車的我，難逃歲月洗刷，當年車裡的女兒，今年夏天，載著我無畏的穿梭在洛杉磯的高速公路上。女兒正追逐我年輕時追逐過的遠方，看著她穿上碩士畢業袍，像是看到從前的自己，突然懂了紀伯倫的詩：「你是一把弓，孩子是從你身上射出的生命之箭。弓箭手看見無窮路徑上的箭靶，於是祂大力拉彎你這把弓，希望祂的箭能射得又快又遠。」已是放下心中牽掛的時刻，腦海浮現一個穿越夢想曠野的身影，愈走愈遠，愈走愈遠。

重回洛杉磯，提取陽光與記憶，我的心情是複雜的。這個我曾經急於背向的城市，形塑了我的藝術，一路攜帶著洛城的太陽在濕冷的台北迂迴前行，在畫布上將人生起落畫成嫵媚青山。以懷舊的視角回望這座城，也是另一種不可言說的鄉愁，我好像多懂了一點自己，多懂了一點洛城。它不再只是一個美國城市，而是一種越界，一趟壯遊，一個曾經漂泊的年少姿態。那彷彿命定的遷徙，讓我明白，所有的風塵僕僕，都是為了奔赴一個更高闊的遠方。

（中華日報副刊2020/1/13）

Lily '08

9. 隱形的房間

沿著東京大學旁的菊坂，彎入小巷，一朵一朵紅色的椿花攀繞窗框，好像敲擊著木屋蒼老的生命。角落有一口井，覆蓋著厚木板，似乎深藏著隱微的心事。

地圖顯示已抵達樋口一葉故居，印象中，樋口一葉是一面看顧雜貨店，一面寫作的。眼前這棟緊挨著階梯而建的木屋，門窗緊閉，彷若順著時光斜坡無聲滑落。從外觀看來，完全不像雜貨店，無從想像屋內曾經坐著一位明治時代的大作家。

四周填滿了積澱百年的寂靜，一個人影也沒有，只有大門上寫著「ICHIYO HOUSE」的小牌是唯一線索。我想，既然唸成「いちよう」（一葉），應該就是這裡吧。從口袋掏出印有樋口一葉畫像的五千元日幣紙鈔和門上小牌合照，彷彿完成了與過去接壤的儀式。也許這裡是多少旅人都朝聖過的文學家故居，可是站在那屋前，我相信只我一人那樣同理而又疼惜地仰望這位無懼現實磕絆，在時間縫隙中尋找出口的作家。

1872年出生的樋口一葉，二十四歲時即因肺結核離世，寫作生涯僅有十四個月，卻成為日本文學史上媲美紫式部的大作家。泉鏡花曾經這麼描述樋口一葉：「一葉女史總是穿著十分整齊、傍著小桌坐著，端端正正的提起筆來寫小說，像是做一件十分鄭重的事一樣。」腦海不禁浮現吳爾芙的那句話：「女人若要寫作，要有五百鎊的年收入和自己的房間。」相較於自學又早逝的樋口一葉，吳爾芙幸運許多，儘管當時的英國不允許女性上大學，吳爾芙仍在自己的房間寫下六十年的文學人生。

擁有自己的工作室，是許多創作者的夢想。我曾經有一個畫室，就在住家不遠處。想畫的時候，收束整裝騎車出門，抵達畫室開窗澆花打掃沖咖啡，等到坐在畫架前擦汗喘息身心歸位，進入工作狀態時，往往已過了一小時。那感覺像出門上班，與樂趣無涉。

畫畫所需不過顏料調色板畫筆畫刀等畫具，此外就是一燈一椅一畫架。就像戶外寫生時，個人於寬廣的天地之中所佔的空間只有一米平方而已。「我其實不需要畫室。」心裡有個聲音說。一年之後，我便與悉心裝修的畫室告別，不再擺盪。

與其獨自待在孤島般的工作室，我更習慣將客廳當成畫室，得空便坐下來畫幾筆。早餐後，聞著咖啡香，接續昨日的作畫狀態。時而轉動痠痛的脖子起身晾衣，時而放下畫筆為家人張羅早餐。我意識到自我不可能脫離群體存在，與他人的關係達成平衡狀態，彼此皆可得到安適。

「無論有沒有自己的房間，任何一個創作者的志業，是在擁擠的房間裡找到自我的獨立觀點，並傳達給別人。」吳爾芙的這句話，完整說出創作的核心。畫家的志業是不斷提取自己內心的印象，轉換成視覺圖像傳達給別人。倘若徒具硬體規模，作品卻只是前人的複製，

何來意義之有？

綿長的歲月裡，女性往往在多重角色層層疊加的日常細瑣牽絆之下，不知不覺默許自己被定義。直到覺察自我逐漸傾斜，才猛然想起擱淺在記憶底層閃著微光的昨日夢想。於是，滿懷慨嘆回到那個隱形的房間，在市聲之中，在時間大霧裡，奮力趕路。就像薛西弗斯不停地推著巨石翻越自己的大山，不知道前方有什麼，只知道往前，一路往前，一步一步走向充滿想像的遠方。

（人間福報副刊2020/12/23）

Lily '22

Lily '22

10. 迷宮山丘

八月的下午，頂著大太陽來到蟾蜍山。走在施工中的階梯上，前方坡道被隨處堆放的沙堆、碎石、木條、鐵管封住，轉角平台放了手推車以及雜亂的廢棄物，舉目所見毫無秩序，在眼底混合成灰色調，給這片小山坡添上一種荒涼的姿態，感覺很破敗，比原先該有的樣子還要破敗。

細長的電線桿任意地切割天空，構築出山丘疊建的地景樣貌。爬到山頂，往下望是蟾蜍山聚落整建到一半缺了屋頂的成排舊屋，大約兩層樓高，叫人想起昔日雞犬相聞的生活景象。

四周靜悄悄的，偶爾傳來工人的聲音和似乎是從山頂發射台發出的嘶嘶聲響。樹林中，夏天的蟬鳴和蟲叫持續不斷，感覺彷彿有某個重大的秘密被隱藏在這座狀似蟾蜍的小山之中，只有這些電線桿、地底坑道和從前的老人才知道。

不遠的遠方是熱鬧的台大公館商圈，那裡的商店招牌連成一片，汽車一輛接著一輛。我好像置身在早已消失多年的軍營，我好像聽到門口的崗哨士兵正喊著口令，曾幾何時，這邊住著各種人，扮演各種角色，而現在皆已消失無蹤。

在曲折的階梯上上下下，兩側盡是低矮的老屋，此路不通便改道而行，宛如迷宮。忍不住暗忖，要是發生火災怎麼辦？突然，門內的狗低吠幾聲，帶著警戒意味，原來這裡還住著人。就在這時，一個年輕女子推開紗門，一副準備外出的模樣。老屋控的我，趕緊快步走過，對打擾住民的生活感到歉意。

走在狹窄的通道，兩側是被歲月浸染過的紅磚牆，呈現油畫般微妙的橘色調和斑駁的肌理。磚縫冒出幾片野蕨，苔綠的紅色木門旁邊鑲著一扇老鏽的窗。好奇地踮起腳尖，窺望半頹的空屋，每個角落彷彿正搬演著一段段喜怒哀樂的故事。探索廢墟有點像讀偵探小說，令我越看越著迷，想像力無邊飛翔。

望著眼前缺了頂的室內格局，突然喚起了多年前的記憶，這畫面真像出土的遺址。我開始後悔起當初沒有聽從美術史教授的建議，如果繼續留在美國攻讀考古博士，每年夏天和研究團隊到伊拉克挖掘古物，那該多麼有趣。

只是，當年的我並不這麼想。年輕時所做的選擇，多半依照成長過程中被附加的價值判斷，默默順從一切的命中注定。直至衣食安穩的中年，偶然回望，才憶起曾經擦身而過的某些夢想，才明白或許有些別的什麼更適合自己，然而，已經來不及。

想起毛姆《月亮與六便士》中，那個宛如畫家高更的男主角史崔克蘭，在中年名利成就之際，毅然丟下一切，獨自前往原始叢林重啟人生篇章，創造出獨一無二的畫作。書裡開頭寫著：「他急切追逐著天上的月亮，卻從未看見腳下的六便士。」那是需要何等的勇氣，才能拋開生命中所有關係的束縛，去成全心中醞釀多時的夢想。

腦海不禁浮現高更的大畫〈我們從何處來？我們是誰？我們向何處去？〉畫題所拋出的人生大問，或許永遠找不到答案，然而，卻給中年的我照亮了一條路。在可能與不可能之間，細細爬梳所有曾經上映、未及上映或匆匆下片的人生劇本，即使置身曲終人散的舞台，一如這座不再喧囂的迷宮山丘。

（中華日報副刊2020/9/9）

蟾蜍山
2020.8.26

11. 走過書店

重慶南路，是青春時最美的一條街。一家挨著一家門面相仿的書店，像一座座知識的迷宮，是住校的我假日最常逗留的叢林。

然而，此刻光站在重慶南路街頭，就覺得隔世。一間間的書店像衣櫃中過時的衣裳，被時光汰換無蹤。過往空氣中那抹比任何精油還沉澱心神的書香氣味，完全蒸發。有一種被歲月碾過的傷感，想起曾經的那些年，那街頭，還有我。

瞇著眼睛，看見站在青春時光那一端的自己，無法預知在迢迢時間的另一端，長長的書街會成了城市裡的廢墟，在時光長河的沖刷下，被置換成一間間的商旅咖啡店和藥妝店。如今，只能在回憶裡，指認殘留在書街的年少身影。小時候，每年暑假都會坐長程火車到重慶南路的東方書局，抱著成套的文學故事書回台南，這裡是開啟我閱讀習慣的原點。

最近，常去的美術社旁有間貌似昭和時代的喫茶店，透過玻璃窗往內望，發現是家舊書店，店名舊香居。我對書本有種潔癖，只買新書，很少走進二手書店。韓國作家金彥鎬的《書店旅圖》，寫他造訪全球21家特色書店，台灣唯一上榜的正是舊香居，我終於推開舊香居的大門。

走進舊香居鵝黃的燈光裡，兩側的書讓我想起張愛玲〈更衣記〉中的文字：「一年一度六月裏晒衣裳，該是一件輝煌熱鬧的事罷。你在竹竿與竹竿之間走過，兩邊攔著綾羅綢緞的牆——那是埋在地底下的古代宮室裏發掘出來的甬道。」循著書店甬道，我開始瀏覽，拿起這本翻翻，抽出那本看看，突然看到尋覓多時的張愛玲《流言》，沒有早一步，沒有晚一步，它就等在那裡。忍不住在心裡輕輕的說一聲：「噢，你也在這裏嗎？」

此後，我完全掉進舊書店的尋寶樂趣中，最常挖寶的基地是茉莉二手書店。茉莉台大店寬敞溫暖，完全不似傳統舊書店那般窄仄的空間，黯淡的走道，一翻開蒙灰的書皮，發黃的紙頁便飄散出歲月的霉味，如同走入陳年的塵網。

二手書店的舊書經常飽含故事，有昔日書的主人畫線註記，有作家當年的簽名，偶爾還夾著一張泛黃發脆的剪報，彷彿在重見天日的瞬間，獲得新生。即使電子書當道，我仍沉浸在買書和翻書的愉悅中，有書在手，就有一種富足的心情。

閱讀是極個人的靜態活動，我慣習在捷運上進入書中虛擬的存在，沉悶的通勤時光於是充滿了想像，四周的一切和我完全無關。透過閱讀，我看到不同的心靈景觀，體驗自己的人生之外的現實，不斷更新看世事的眼光。就像赫拉巴爾《過於喧囂的孤獨》中那個壓舊書廢紙的漢嘉，「我讀書的時候其實不是讀，而是把美麗的詞句含在嘴裡，嘬糖果似的嘬著，品烈酒似的一小口小口呷著，直到那詞句像酒精一樣溶解在我身體裡……」

常常，我在心裡想著，會不會有一天，書店成了永遠的寂寞風景。會不會有一天，再也沒有紙本書來承載作者思想的重量。像是所有的俗世蒼涼，所有的地老天荒，終將成了無法挽留的憂傷。文字紙張書本書櫃，全數沉積在文明記憶的化石層裡，默默的，與時代告別。

（中華日報副刊・主編精選2021/3/8）

重慶南路一段
金石堂書店
金石堂
2018.6

12. 山海回望

車行至山頂，天空是湛藍的，海面閃動迷眩的光。海灣遠遠近近的樓房灰黑一片，港口泊著一艘遊輪，如白色的礁岩，靜止不動，延伸成海岸的岬角。

一排巨大的英文字母立在山的最高點，不覺聯想洛杉磯寫著「HOLLYWOOD」標誌的山頭，也想起京都夏日夜晚的「大文字五山送火」。晴天的基隆，俯視下的基隆港，熟悉又陌生，眼前舊舊的沉默山海，彷彿隱藏著沒有說出口的什麼。

上上下下於曲折窄巷，紅磚牆，老樹和貓，不斷重複，不斷浮現。光陰的臉，寫滿海雨，山風與故事。轉角一座二層樓的老屋，染了歲月的苔色，忍不住在心裡畫起來，知道再也無人居住。突然，一雙細瘦的枯手推開木門，銀白的髮絲在夕暉下顫動，想是獨居的老人，一堆一堆雜物，屋內全黑。

上這山頂來，是為了一間書店，一間開在基隆山上已經廢校的小學。是的，一所回不去的校舍，一座再無小孩笑聲的操場。那就是時間的篩選，光陰留下的姿態，有一點潮溼，有一點寂寞。

站在昔時太平國小的校門口，彷彿碼頭邊那艘巨大的白色遊輪被施了魔法，瞬間移動到山頂。我看到人為的搶救，從廢墟到書店，就是要大家正視老建物的保存與山村的活化。老屋不是只能消失在歷史的煙塵裡，憑藉大環境的再造，可以重新兌換一次青春。

走入書店，打通樓面的挑高天花板，填滿天光。走上木梯，通過掛滿基隆地方文史照片的甬道，空中懸著海浪般的弧形掛布，軟化空間線條，區隔出樓層。抬頭，柱上留一掛牌，寫著「圖書室」。

站在面海的玻璃窗前，端起咖啡，我的身影疊印於一道無聲的山海風景上，不禁想起在師大美術系的自己。彼時，總愛畫老街、老屋、老人。年輕的我，不知「老」是怎麼一回事，也不知住老屋漏水透風發霉的種種不便，入眼的是，豐富多變的層次與耐人尋味的色調，可以容許我一再地皴擦點染，不嫌多的刻畫層層質感與肌理。

如今平安長大，終究老去，我依然愛畫老屋。然而，面對傾圮屋舍，浮現心頭的卻是杜甫的〈茅屋為秋風所破歌〉：「安得廣廈千萬間，大庇天下寒士俱歡顏，風雨不動安如山。」我嚮往「風雨不動安如山」的寧定與安心，曾以之為字號，為齋名，並琢磨成書畫用印，一朱文「安如山人」，一白文「安如山房」。

離開這座濱海的山村，一條寂寞的窄巷，一株長鬍子的老榕和樹下重聽的老人，我知道這個以石階串接的灰黑色山村，會在未來的日子裡出現更多無人居住的老屋，也會在節慶來臨之時繼續進駐年輕人的創意市集，一攤又一攤，在竄長著羊齒植物的矮牆之間。

夕陽下，車子滑行於彎曲的山徑，望著海天不停變幻色彩的雲朵，我的腦海想起鄭愁予的〈賦別〉：

「念此際你已靜靜入睡。
留我們未完的一切，留給這世界，
這世界，我仍體切地踏著，
而已是你底夢境了。」

（中華日報副刊2021/12/19）

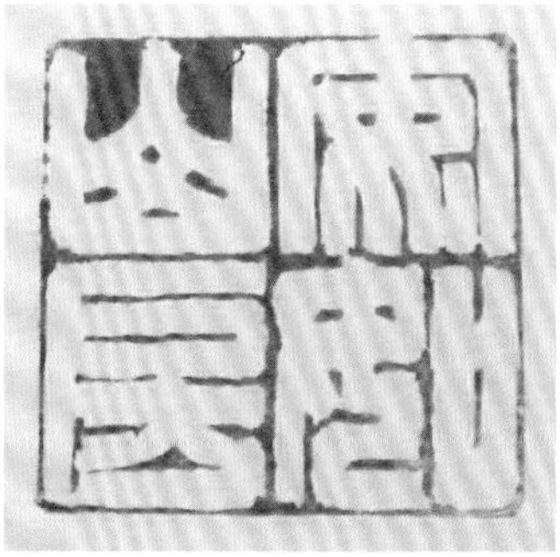

13. 台北夏日街巷

走在同安街很難專心。隔幾步，就會踩到詩：「直到讀遍了滿滿的一頁早晨，才輕快地握著今天啟程。」新鋪好的人行道，刻在地上的詩句，讓巷弄行走充滿文學。

台北沒有動得太快，小街小巷書店咖啡店，有機生長，新舊互滲也沒關係。一路穿街走巷，磚瓦縫隙舞著花草，蟬聲閃跳樹影之間，牆角一隻貓，踱步，回首，張望。

整治前的同安街，走著走著，人行道就斷了。路窄，穿梭不似想像中容易，除了與汽車爭道與機車閃身，不時要越過斜躺水溝蓋的狗，提防撞到老太太的菜籃拉車，還得繞過門前佔車位的大小花盆，令人不禁懷念起台南遮日擋雨綿延不斷的騎樓。

台北的房子連排而建，雞犬相聞，像是濃縮高湯緊挨一起。放眼皆人，未必相識，卻有一種互相照應的安心。回想讀書時住過的美國洛杉磯，路寬房子大、樹高草皮美，就是沒行人，不似在人間。魚與熊掌，各取所愛。蝸居這座台北城，可以走讀故事，可以嗅聞文化，擁擠一點又何妨？正如松浦彌太郎說的：「不管是世間的事物或自己內心的事物，要能全部接受、包容，才是最糟也最棒的生活方式。」

每回來同安街，總會刻意繞進同安街8巷。舊時水路如今成為Y字小巷，看起來就像一條打開的拉鍊，無所隱藏地傾倒出生活種種：單車花盆晾衣竿，誰家的煎魚香，誰家的狗兒吠……像是溫習著懷念老歌的片段。仰望天空，不遠處，高樓以擎天之姿撐起城市的未來。眼前的同安街，如同安於時間之外的邊境縮影，沒有速度，只有停格，彷彿用獨白的方式，訴說著城市的另一種表情。

走至同安街底，便是「紀州庵文學森林」。日式古蹟的紀州庵，木格窗前成串紙鶴被風掀起，逆光飛翔。講座中，聆聽有吉佐和子、向田邦子、山崎豐子這三位昭和女作家的華麗人生，恍若身在日本，好似自己也是昭和時代的讀者。有吉佐和子是日本外交官之女，被譽為本身「就是一朵牡丹」，1972的著作《恍惚的人》探討老人失智議題，和1995年香港電影《女人四十》有諸多相似觀點。向田邦子不幸死於台灣三義空難，令人惋惜。山崎豐子的作品《白色巨塔》等屢被改編成劇，書店經常可見到這兩位作家的中譯本。

「紀州庵文學森林」一樓是書店，空間雖小但仍有滿牆書，像是一個城市裡懂你的地方。落地窗邊的餐廳，和書店氣氛連結在一起，是夏日午後沁心的停留處。逛完書店，入座、喝茶，對窗速寫紀州庵，台北小日子也就非常陶淵明。

同安街的盡頭繫著一條河，登上堤岸，有一種走向時光階梯的感覺。河景在夕陽下鍍了金色，像一卷攤在昔日河岸酒屋前的金箔畫卷。

回程，眼光不覺再次落在人行道石板上鐫刻的詩句：「每一個美得無憾的金日子，臨去都簽上晚霞的名字。」彷彿在同安街走過長長一生的余光中，為這條街留下的一首詩。彷彿看見詩人暮年的身姿，在夕照下拉得好長好長，像是鎏金歲月裡，一道最美最動人的落款。

（中華日報副刊2021/4/30）

古亭站往
同安街走去、
遇見一條宛如
拉鍊打開般
的小路.
右邊是同安
街8巷.以
前還是一條
水路呢!
2018.6

紀州庵

14. 浮光掠影

一家書店。

書店在舊昔時代的打鐵街，有一種歲月壓印成的褐色調版畫印象。這間在二樓的書店，一樓是汽車材料行，門口堆滿鏽跡和機油味的零件。我從陡窄的樓梯走進書店，恆常地坐在後門口的窗邊位子。

一個外國男子走進書店，點了咖啡。隨著磨豆聲，咖啡香細細漫開，滲入書頁，令人忍不住伸起鼻子聞揉合咖啡香和書香的空氣。

「是海明威呢。」座位間一陣騷動，我瞄了一眼才看清他的臉。他看起來極餓，正大口嚼著司康，應該跟我一樣，剛結束整個上午的創作，處於又累又餓的虛脫狀態。那種餓，是勞心勞力的加總。

我錯幻的想，這不會是置身巴黎的咖啡館吧？不敢相信大文豪就坐在我旁邊，我拿著正讀著的《流動的饗宴》請他簽名，這可能是一生僅有的一次機會啊！

想起海明威在此書中所寫：「我就是在餓肚子的時候，更懂得深刻理解塞尚的作品，也真正弄明白他如何描繪自然與風景的方法。我時常猜想，他作畫時是否也餓著肚子；但我又想，也許他不過是忘記吃飯罷了……。」

「塞尚的飢餓，是另一種飢餓。」我一邊請海明威簽名，一邊對他說。

「是嗎？」他疑惑的問。

塞尚太窮了，他望著桌上的蘋果一筆一筆堆疊油彩，蘋果於他是靜物，再餓也還不能當成食物。他的腦中有幅憧憬的幻象，直到畫出能震撼巴黎的蘋果才行啊。

推開書店後門，站在天井，紅磚牆的老氣味迎面而來，一株大樹挨著陽台伸展枝葉，幾盆茉莉沿著陽台栽種，花盆後躲著一隻貓，像靜物一般。我彷彿跌入隱密空間，有一種莫名的安靜，安靜到幾乎可以聽見茉莉伸懶腰的細微聲響。

復推門走進書店，竟發現書店成了我的畫室，牆上掛著一幅油畫，另一邊牆上掛著桃花心木調色板。英式風格的櫥櫃上擺著紅色陶盤，圖案和壁紙的蝕刻版畫同一樣式。角落的畫架前坐了一個人，啊，是塞尚！我驚愕地在內心輕呼：怎麼會有這種事？窗光一格一格地移步在我尚未完成的畫布上，塞尚手握著筆，瞇著眼，一臉印象派的表情，朦朧的，無限孤寂的，凝視著連自身也無法說明的內心風景。

我開始回想起走在藝術這條路的自己：從小學背著畫架寫生，大學時眾人追隨莫內色彩，獨我一人翻著塞尚的畫冊，翻到畫裡那一顆顆歪斜變形的蘋果幾乎要從書頁中滾出來。畢業後懷抱畫家夢到美國，回台灣後一個又一個體力耗盡的畫展，是那樣奮力地堅持自己的想法的悠遠時光啊！於我，創作是自我意識的表達，就像有一道門，門那邊的世界，外人無從理解，只能抽扯畫裡隱藏的訊息加以推敲臆測。

坐在書店那個臨窗的位子，跌回現實，架上一本本的書像無數作家的目光和我對望，腦海浮現海明威寫的：「從塞尚的畫中，我得到一些啟示，即光靠簡單、真實的句子仍然不能夠使我的小說達到該有的深度和廣度。」

這一刻，我從顏料海中浮出水面，坐在書店角落靜靜的換氣，哪怕是一段文字、一行詩，都讓我覺得被撫慰，被療癒。文學與藝術即使在不同象限，於我，皆有它在座標上的意義，像是蒼茫天地中，無法言說的，美的所在。

（中華日報副刊2020/7/14）

輯三

浮雲遊蹤

1. 我的老台南

一年有三百天晴天的台南，承載我的童年時光，是我離鄉後的夢土。走在充滿歷史氣氛的台南，我是遊子，也是旅人。時而以在地者的眼光重組沉睡多年的故鄉記憶，時而以漫遊者的姿態見證過往年代的遺痕。台南的城市發展停滯在過時的風景，凍結於往昔的富麗之中，就像一株天堂鳥，在枯掉之後，仍昂然地撐著巨大的花朵，停格在最意氣風發的一刻。

台南清晨的舊街老巷，連影子都洋溢著陽光，轉入新美街，壁畫上一張張表情各異的臉撲面而來，不禁想起木心的文字「但是有些人的臉　醜得像一樁冤案」。風雅的古城會說話，路旁的老人似乎也帶著一身故事，緩慢的步調讓人相信生活真的有閒置的可能。

順著彎彎的小路，走到信義街的兌悅門，尋訪佐藤春夫《女誡扇綺譚》的小說場景。轉角花草相迎，空氣中飄散一股富裕閒適的浪漫。小說中的人事，早已隨著多年來淤塞的海岸線消散退去，獨留好奇的我，任台南的陽光投落滿臉濃濃淡淡的鐵窗花。

搭車來到葉石濤祖厝旁的傀儡巷，此巷極短，盡頭是有著白色照牆的萬福庵，轉角的陳世興古宅呈現整修中的模樣。在古城安靜的小巷裡東轉西繞，不停左張右望，鐵窗的鏽斑是光陰走過的證據，斑駁的門聯遺留詩書的痕跡，目光停留之處，無不宣告著府城以歲月醞釀的人文底氣。

經過祀典武廟正門，來到葫蘆巷，化身上學途中四處亂晃的小葉石濤。葫蘆巷保有古代丘陵起伏的地貌，從冬瓜茶舖拐入窄巷，驀地出現宛如遺世獨立的連棟老屋，花草萌生，鳥樹密語，藍天襯著古牆緩緩老去的容顏，透露一股安穩優雅的生命情調。

在大天后宮廣場前左轉，即是抽籤巷，往前走幾步便出現開基武廟。古代廟宇大多面海而建，出了此門，今日腳下的土地皆為台江內海淤積而成，老台南人心目中所謂的台南也以此為界，滄海桑田，眼前市街皆成凝固的歷史。

穿過益春巷，來到葉石濤筆下「如蜘蛛網般交錯」的蝸牛巷。寧靜深巷，小風輕吹，轉角一株九重葛，藍天為背景，遍灑一樹紅花。一棵老榕樹橫壓矮牆上，青苔浸潤紅磚，薜荔匐貼牆面，牆上老貓睥睨一切，冷看一樹花開花落。怔望靜好小巷，想起葉石濤的文字「作家本來猶如一隻吃夢維生的夢獸，他哪裡知道這個夢獸也常需靠麵包生活，而麵包並非終日作夢就可得到的呀！」蝸牛巷，因葉石濤自嘲家道中落蝸居於此而得名，計程車司機不知，幾個台南長大的朋友亦不識，是這幾年「社區再造」計劃下的產物，因為葉石濤，因為文學。

日本文豪泉鏡花的老師尾崎紅葉曾告誡弟子：「從此以後，吃些粗糙的食物活久一點，就算只是一本也好、一篇也好，一定要留下好作品。」回到台北，總在畫布前塗塗抹抹的時刻，想起台南這座古城的生活細節，忍不住開始盤算下次又該到哪條古巷晃盪，在想像力快樂奔馳的瞬間，稍稍緩解了蝸居作畫的寂寞。

（聯合報副刊2019/8/29）

2018 台南成功路

2. 傾聽大峽谷

訊號的缺席，讓人覺得手機在這裡是無用之物，然而意想不到的卻是奢侈地擁有一整座山谷。

初識美國大峽谷，只站在頂端欣賞峽谷的縱深，心中僅留下二個字，壯觀。多年以後，開著租來的休旅車沿15號公路，再次朝大峽谷方向駛去。車窗外熟悉的氣味迎接著我，一部分是無邊界的枯草，一部分是太陽的味道，很像是這個年輕時待了許多年的國家對我熱情的招呼。

透過擋風玻璃依舊可以感受到沙漠過分慷慨的陽光，感覺自己在時差中開始清醒，台北的溼氣逐漸蒸發。灰藍的天空像剛洗過一樣，遠山宛如陽光下的鑽石，閃爍著白光。沿路是連一棟房子也沒有的荒野，感覺不到人類活動的跡象，除了交流道偶爾出現幾家美國校園常見的連鎖速食店。回想起來，舌尖彷彿還留下炸雞漢堡甜甜圈的青春餘味。

日落時分，拉斯維加斯這個高度人工造鎮的城市驟然在荒漠中出現，筆直的大街兩側盡是眩目的異國建築，鐵塔金字塔摩天大樓，恍如置身濃縮版的微型地球。坐在天花板仿白雲藍天的水道小橋旁用餐，令人幾乎可以相信身在威尼斯。

隔天抵達大峽谷，原始依舊，壯觀依舊。想起美國作家保羅．索魯對旅行的定義：「真正的旅行是將自己投入未知的世界。除非親身體驗，否則不要找任何藉口。」遂生起探索之心，決定這一回用雙腳丈量大峽谷。

出發登山，背後傳來敲打柏油路的腳步聲，猜想是馬，回頭才知是鹿。牠們慢條斯理在路邊嚼草，偶爾遙望遠方，彷彿思索著下一段詩句。鹿沒有上門牙，靠下門牙和上顎肉墊折斷葉子，再以後牙磨，真像忘記戴假牙的老人。這群小馬般的鹿跳出草叢前，停下來嗅嗅車子，卡噠卡噠大搖大擺越過馬路，完全無懼於人類。我猛然意識到牠們才是這裡的永久居民，人類只是從浮華世界裡竄出的訪客。

比起宣示存在感的鹿，大峽谷的蟬顯得謙遜許多。這裡的蟬鳴就像故障的瓦斯爐，打火石答答答悶響卻永遠點不著，彷彿大自然交響樂裡喋喋不休的主旋律，又像誦經時敲個不停的木魚。若非親眼看見停駐在樹幹上的蟬，還以為這哼唧終日讓人頭皮發麻的聲音來自蟋蟀。

大峽谷的工作人員定期放火燒山，這似乎違反了政治正確，事實上是為了維護物種生態的平衡。讓我想起金門，為了控制孔雀過量繁殖，而有了射孔雀達人。看似靜態的大自然，其實是各種生物形成的動態體系。自古冰河龍捲風和大火不時摧毀森林，森林雖有自我復原的能力，但需時數百年，經不起人類濫伐濫墾的森林滅絕。

獨自走在靜謐的崖壁，手機斷訊，猶如失聯的越界旅人。想像自己是一個放逐者，嗅聞植物散發的新鮮野氣，觸摸微風擦過樹梢的紋理。沒有任何事比得上一個人穿越山谷，更令人生起擁有整個天地之感。遠處傳來獨木舟順流而下的撞擊聲，宛如暗號，彷彿峽谷尚未訴說的祕密只有我能破解。

順著連綿的螺旋小徑往下走，迎面走來一個曬得發紅的中年壯漢，一臉鬍渣。

「我已經沿科羅拉多河泛舟二個星期，今天清晨三點開始登山。」他用一種很久沒有遇到人類的愉悅口氣告訴我。

「你要走到哪？」我驚訝於他無視孤獨飢寒與暗藏的危機，執著挑戰身心承受的極限。

「登岸就完成行程了。」他說。

李維史陀《憂鬱的熱帶》開頭那句「我討厭旅行，我恨探險家。」一下子就浮現我的腦海。對我來說，探險是一件不需要說服自己就可以直接放棄的事。人類學者長期深入山林，支撐他們的是追尋意義的使命感，這名男子穿越山谷是需要多大的執念，多大的熱情啊。

從山脊上俯視，一座座山丘泛著淡紅色的光，夾雜灰紫色的陰影，猶如歲月烘焙出來的千層蛋糕靜靜的躺在河谷裡。朦朧柔和的氛圍，看起來像是一幕創世洪荒的舞台布景，讓我想起印象派的畫，那色調，是賫加的。就在此時，幾個黑影俯衝而下，霸氣地在天際劃出隱形的弧線，我突然頓悟：擁有大峽谷的原來是老鷹。

壯闊沉靜的大峽谷帶著一種古老，一種永恆，我意識到自己是曠野中微不足道的陪襯，就像福婁拜所言：「旅行讓人謙卑，你看到了自己在世界上所佔據的地方原來是多麼微小。」凝視自然，彷彿聽見山的脈動和河流的心跳，彷彿覺察植物的呼吸和動物的尊嚴，天地不語，唯有傾聽。

（中華日報副刊2020/11/23）

3. 京都一日

京都的冬天不見紅綠，只剩黑白灰，就像一幅筆觸疏淡的炭筆素描。踩著鴨川跳石，整個河岸安靜異常，只有烏鴉醒著。偶有跑步的人和散步的狗經過，我目送他們，心情很波西米亞，一段無所事事的隱匿時光，就此展開。

又一次住進熟悉的旅店，心裡早已把它當成京都的家，旅店門口曾經速寫過的料亭依舊存在，京都沒有時間感的歲月，總能輕易令我安心。早晨被穿透窗簾的陽光喚醒，空氣中飄浮的彷彿是另一個時代的氣味。開窗俯視河原町來往的人車，心中沒有形狀的夢想，漸漸呈現出輪廓。

頂著六度的低溫來到鴨川，拉筋，暖身，起跑。每吸一口氣就好像灌進一口冰水，慢慢的，調穩呼吸，跟著河水一步一步丈量鴨川。眺望遠方，篆書般蒼勁的枯枝嵌入天幕，太陽射出一道道金光，穿過雲朵，一群飛鳥在河面上揮灑金色波光，跑到哪裡都是風景，終於體驗了村上春樹從御池到上賀茂來回十公里的慢跑路線，人生清單又完成了一項。

清晨的三年坂，不似平日熙攘的觀光模樣，只有轉角明保野亭門口的那棵櫻木，兀自抵抗寒冬的冷意。走進剛掛上暖簾的INODA COFFEE，點一杯大文豪池波正太郎不喝就醒不過來的「阿拉伯真珠」，濃郁的咖啡配上灑滿糖粉的法式土司，晨跑的疲累瞬間消除。沿著二年坂的青石台階走下，兩旁黑白木刻版畫般的古町家維持著蒼老的姿態，走著走著，彷彿走進一首很深的詩。

寺町通的古書店，就像存放歷史故事的場景，想起諾貝爾獎得主湯川秀樹曾說，他的父親對某事產生興趣便搜羅該領域所有的書籍，「於是家中全是書，完全是在書裡生活……」我也一直處於興趣的變化之中，由於藏書過多，每回來寺町通，總會到老店鳩居堂，買幾包京都大學圖書館選用的「防蟲香」。日本人經常在古書中夾入乾掉的銀杏葉，金黃的銀杏葉，看似浪漫，落葉卻近似腳臭，蠹魚也怕。

日暮時分，來到高倉通巷弄裡的初音湯，門口掌櫃的幾乎都是上了年紀的老人，有一種鄰居老奶奶般的親切感。在飄繞熱氣的池裡舒展四肢，突然覺得自己不是觀光客，而是日劇《白天的澡堂酒》中那位偷閒的上班族。泡完澡，身心俱暖，以一瓶冰涼的咖啡牛奶作結，無比滿足的扮演一日京都小民。

夜晚，到四条油小路尋訪坊主酒吧。一推開門，沒有喧嘩的人聲，只有巴哈的音樂緩緩流瀉。店主是光恩寺的住持，代代傳承的小寺經營不易，開設酒吧成了另類的維生方式。生長在台灣的我們，想都不曾想過和尚可以吃肉喝酒娶妻，這一切皆起因於明治五年為了神佛分離而頒布的法令。吧台後穿著僧衣的住持，有一種僧人特有的淡定氣質，他專注調著酒，從頭到尾沒抬起頭看我們一眼，好似把靈魂也調入酒中。

端起日子跟歲月乾杯，每一飲都是思緒的歸零，每一啄都聽到悄悄流過的人生。離去之前，住持發給每人一張關於佛法的文字，我喜歡他表達的方式，彷彿選擇最遙遠的一個點，逐漸運鏡到最後的大特寫，讓人恍然悟出一切的侷限，一切的寬闊，皆是前定。

中年的我，好像忽然間懂得了以前從來不懂得的一些什麼，好像忽然間知曉了為什麼不斷重返京都的原因。

（中華日報副刊2020/9/26）

本能寺旁旅店前
2017

4. 那一年 我在瀨戶內海

夏日的陽光依然燦亮，捷運依然在城裡快速穿梭，不同的是，乘客的臉上多了口罩。背書包的少年不復往日的喳呼，上班族比從前更黯淡，車廂陷入比以往更深的沉默。密閉的車內，瀰散著一種無奈的氣息，偶聞咳嗽聲，擠挨的人群便出現細微的挪移，像水面漾起隱約的漣漪。

疫情自有其遙遠，遙遠也有其邊界。靜待世界地圖重新打開之時，專心做一件事，或許就是一帖安神良方。搬出中斷許久的一百號畫布，期盼所有咬囓性的小煩惱皆可悉數被整除。偌大的畫面，僅見三朵繡球花停格在去年夏天綻放的姿態。望著畫布大片的空白，想起辛波絲卡的詩句：「只要這樣就足夠，如果作者在視線放上一座暫時的山，和稍縱即逝的山谷」眼前浮現瀨戶內海小島上依著山勢層層疊加的小屋，記憶瞬間回到去年夏天的「瀨戶內國際藝術祭」。在被疫情圈住，不宜遠走天涯的此刻，特別令人懷念。

犬島

清晨的高松港，微雨，高速船安穩地航行在瀨戶內海。踏上有石島之稱的犬島，昔日的犬島煉銅所臨海而立，放眼海天，無風無浪亦無人。走進煉銅所遺址，燻黑的花崗石依稀嗅得昔日高溫燒灼的氣味，藝術家以鏡面反射曲曲折折的坑道，每次回望皆照見同一團烈紅火焰，宛如迷宮幻境。

坑道盡頭，陽光從天窗大把灑下，三島由紀夫故居裡的大大小小木窗飄浮空中，好似懸了一生的心願。走出室外，玻璃小屋掛滿以三島由紀夫的經典文句串成的銅字風鈴，彷彿面對豐饒大海，真心的告白三島由紀夫以生命燃燒的文學魂。

豐島

雨天至豐島，無法騎單車移動，只好改搭接駁巴士。車窗外，綿延不盡的梯田好似濃綠的色票在眼前展開，無法想像昔日整座島曾是非法垃圾的傾倒場。

遠看豐島美術館，就像一座巨大的白色防空洞，空曠的室內只展出一件作品。地面隨處冒出的水滴，碰撞聚合，無聲無痕，彷彿一則偶然的隱喻。在這座禁絕相機手機人聲腳步聲的碟形中空建築，只容鳥聲風聲迴盪，置身其中，或坐或躺或臥，讓人相信頓悟開悟皆為可能。

女木島

翌日，天晴。渡輪一靠女木島，堤上隨風擺動的三百隻海鷗撲面而來，引人走至沙灘上豎著桅杆船帆的平台鋼琴裝置藝術。穿過松林，來到因人口老化而廢校的女木島小學。望著木造廊道兩側明豔奇幻的裝置藝術，不覺落入時光的縫隙，耳畔彷彿傳來童稚的笑聲。

女木島因桃太郎打鬼至此地，而有鬼島之稱。在古老的日式建築用餐，正午陽光斜斜照射木格門窗，滿窗綠意烘染的院子，瀰散著森林的氣息。和室內的座席，一派靜氣，在地食材佐以日式美學擺盤，令人想起普魯斯特形容的「大街小巷和花園都從我的茶杯中脫穎而出」。

行經女木活動中心，正好遇上每月一次的「笑顏鬼市集」，幾位白髮奶奶拄杖而坐，一面聊天，一面販售自己織的鞋、自己熬的果醬和自己種的菜。巷弄裡，推著買菜車當助行器的老婆婆，佝僂著腰，擦身而過。人口老化是不可逆的，然則藝術可以活化無用荒島，讓島上的老人重拾笑容，讓年輕人預知生命盡頭的寂寞。

男木島

男木島暱稱貓島，為數可觀的貓族時而埋伏屋簷轉角，時而躺躺馬路中央，貓的存在好似隱含著某種哲學議題，又彷彿只是宣告著：貓在，島在。

男木島的地貌與平坦的女木島截然不同，日式雙層老屋依山而建，門口擺著一盆盆小花小草，轉彎便有大海相迎，就像不期而遇的久別重逢。一階一階向上爬升，是日劇《來住京都才知道》（ちょこっと京都に住んでみた）的畫面，女主角木村文乃一面推著腳踏車上坡，一面喘著氣喃喃自語：「人生有三道：升道、降道和沒想到……」（「人生には3つの坂がある上り坂下り坂まさか」）。推開每一戶人家的大門，各類型裝置藝術進駐，讓人訝異尋常老屋也有無限的可能。

想起那一年的瀨戶內海，彷彿，又穿行過小島，又聽見了潮聲，似乎讀懂了什麼生命的訊息。我可能暫時飛不了遠方，圓不了夢，但是，我所想望的一面大海、一抹浮雲，盡在於此。遂明白，人生最真實的擁有，永遠只是當下的這一刻。

（中華日報副刊2020/8/12）

5. 今昔金門

冷冷的陽光，照亮靜謐的早晨，金門，適合用一個春天旅行。

三十多年前初訪金門，地表充滿軍事建築，標語隨處可見。如果一個城市有神祇，金門就像是披著戰袍的雅典娜。多年以來，金門一直以戰神之姿，停留在我的記憶中。

重訪金門，山林依舊，花崗岩依舊，不同的是，已嗅聞不出戰爭走過的餘燼。昔日戰火和歷史的效應，流淌出新舊並存的視覺感受，使我用另一種眼光看待久違的金門。

金城鎮的夜晚，微冷。隨志工導覽員自總兵署出發，古老院落的百年木棉，覆蓋整個夜空，組成一種近似包裝設計的連續圖案。一行人穿梭在後浦的老房窄巷，不時有一幅畫面、一種回音，從過去的時光竄出。

將軍第的御賜黑金磚，令人驚嘆，散佈街坊的唐朝古寺、宋代書院、元代村落、明代祠堂和清代牌坊，見證遠古歲月凝結的遺跡，廢園荒樓餵飽我的懷舊胃口，訝異金門的歷史竟可上溯如此久遠。

模範街整排連廊式的五腳基騎樓，紅牆蒼老，染著風塵的石板路，似乎被遊人踩得更老了。閒步其中，就像喝著一罈禁得起光陰醞釀的金門高粱，以一種陳年的餘韻，一種古昔的溫柔，引人流連回望。

水頭村內，百年歷史的南洋建築得月樓，寂寞富麗，呈現南洋文化交融的奇異美感。曾經存在的色彩蒙上時光的灰，空氣裡飄浮著舊日的氣味。彷彿看見如霜的月光下，臨窗深坐的女人沉湎在歲月的舊夢裡，無言注視寂寞的一生。彷彿聽見扉外，歸人離鄉打拼的馬蹄聲，踏著金門的酒香，在遠遠的他方。

一陣風，來自碉堡，我聽到一片記載在歷史之外的深沉歎息，那是臥死戰士的血。八二三戰史館的實境影片，宛如電影的戰爭場面，劇烈而切身，不忍相信竟是千瘡百孔的真實。八二三炮戰，將金門原始的靜謐和自古的文風，凍結成一首歷史悲歌。這是如何令人憂傷的時代，此後，過去和未來被關在門外，屬於金門的旋律刪去無數個小節，默默的，背對輝煌。

田園詩般的珠山和歐厝，磚牆瓦頂，山石蒼苔錯落其中，春天的新綠在陽光下搖曳閃亮，草地上點著小花，整個村落安靜得像是電影片場。傾頹的祖厝，翻新成一間間的民宿，不再蕭索，不再凋零。金門，這座獨自保有祕密數十年的寂寞之城，轉身披上一襲文化的外衣，以追憶潮水之勢，重新在天地間書寫一首意氣風發的詩。

緣著海邊行走，不再喧囂的海，襯著沉默的山，雲影凝結在山外。我聽見海浪一樣的回聲，蓋過昔日登陸演習的硝煙。只是風向不定，我將視線推及最遠，天邊島礁依然隱晦，以虛以實，如金門三月的濃霧。

（中華日報副刊2021/4/18）

6. 夢中香港

天色微藍，波光銀亮，渡輪上溼溼的海風拂來腥氣，香港的夏天喧騰得像個華麗的夢。然而夢是沒有道理的，夢醒之後，只留下回不去的蒼涼。

二十年前初遊香港，只因電視廣告不斷放送的那句：「到香港，吃東西買東西，吃東西買東西，睡覺是因為不得已。」在香港的高樓叢林穿行數日，回到台北熱鬧的忠孝東路，乍看，有點不習慣，沿街房子像是香港中環的地基似的。

二十年後，重遊香港，天空和陸地更顯擁擠，彷彿走在處處被樓影遮蔽的紐約街道，覺得自己像隻坐井觀天的蛙，無法全景仰視天上盤旋的鷹。來到張愛玲的香港大學，迎接我的是山坡上一根一根打樁般的高樓，密插如香爐裡的線香。不免擔心，地震怎麼辦？原來，香港無此顧慮，地震帶遠在六百公里之外。

食物是追索舊時舊地回憶的通關入口，走進香港的茶餐廳，菜單上難懂的中文：布甸、沙律、多士、通粉、豬扒，喚起我與港式食物初遇的時光。那是三十年前至洛杉磯讀書，雖知海外的港式餐廳不過是粵菜的變奏，我仍對乾炒牛河有著說不清的執迷。每回到洛杉磯，一下飛機，必定直奔餐廳先吃一盤淋了辣油的乾炒牛河，佐一杯浮滿冰塊的波霸鴛鴦。非得完成這般深夜食堂的味覺儀式，才算真正回到青春記憶的著落處。

2018年到香港，除了遊晃天星碼頭太平山蘭桂坊，天天腳步離不開氤氳著鑊氣的茶樓酒家糖水店，好似與可戀的港式美食踐約而來。為此，特意尋訪網路知名的避風塘炒蟹專賣店，走上樓，推門，才知撞進後門。一路尷尬地穿越餐廳，走到櫃台。在無預約又已客滿的狀態下，老闆娘逕自招呼我們一家三口入座，無須候位。點菜時，以廣東國語親切地為我們講解菜單：「瀨尿蝦，就是你們台灣說的蝦蛄。」不禁心生訝異，她是何時看出我們來自台灣？

等上菜時，隔壁桌二位全身掛滿名牌衣飾的女子，不時喚來老闆娘，以重度捲舌的普通話問：「螃蟹還沒上呢！」

幾次之後，老闆娘提高音量說：「煮要時間嘛！不然，我給妳生的，妳吃不吃？不吃嘛！」對照二桌的溫度，香港人的心情，我似乎明白。時代是這麼沉重，生活到底也是要過下去。想起張愛玲說的：「人們只是感覺日常的一切都有點兒不對，不對到恐怖的程度。人是生活於一個時代裏的，可是這時代卻在影子似地沉沒下去，人覺得自己是被拋棄了。」

2019年，所有想得到的與想不到的事，在香港不斷上演。終於理解三十年前在美國一起讀書的香港同學，他們為何寧願忍受從零開始的異國艱難，也要離開家園。九七大限只是揭開序幕，這時代，說好的安穩，終究走向崩壞。

更多更多不可解的喧囂，一遍一遍地沖刷著香港的種種美好，重重的黑暗擁上來，看不見的魅影，藏匿在街衢角落。隔著遠遠的距離，感受到這座泛著珍珠色澤的城市，正逐漸陷落。我幾乎要疑心，記憶裡那個炫亮，浪漫，華麗如貴族的香港，只是昔日裡一場虛幻的夢。

（中華日報副刊・主編精選2021/11/5）

7.也是露營

緣著太平洋的海岸行走，遠方一艘貨輪彷彿靜止不動。海色是漸層的灰藍，海水拍打著沙灘，鑲出一道蕾絲般的白色浪花。我靜靜凝望這冬天的海景，洶湧的雲朵是無盡的灰，筆觸隱約屬於莫內一派。

住在面太平洋的露營地，我立於崖邊，看潮來潮去，海鳥各自東西。此時，正值東北季風來襲，白天只覺雲層很厚，入夜，疑似陷入巨大的風暴，狂風呼嘯伴隨海濤，像極了恐怖片的音效，令人忐忑。帳篷時而鼓起，時而偏斜，彷如天地飄搖，讓人徹夜警醒。就怕風勢太強，稍有閃失，便會落得露宿太平洋。

近年台灣人迷於露營，所謂露營，已不再是從前印象中童軍訓練那般辛苦釘棚，埋鍋造飯，拔營掩埋一切之後，大地一片綠油油真乾淨，人兒全身沒洗澡臭烘烘。

傳統的露營常因地面不平，蚊蟲入侵，過冷或過熱而折騰整夜無法安眠。現在的露營，標榜豪華帳篷，嚴格說來，應該不能算是露營了。除了四壁和屋頂是帳篷之外，不過是將飯店住房搬進篷內，假裝睡在大自然裡。木地板彈簧床沙發茶几，燈光電扇冷氣，加上全套衛浴，一派文明人的生活情調。打開帳篷拉鍊，嘩啦倒出整個大自然，或面山或面海，門口台階掛秋千擺浴缸放躺椅，任你取用山水，放空心靈。

吃飯更不必操心，通常包早餐晚餐宵夜下午茶，不需再扛著鍋碗食材，也不必再忍受生火煙薰。下午茶，可能是英式三層糕點，也可能是披薩DIY。晚餐，或飯店自助餐，或現場烤肉服務，或是海陸火鍋料理。夜幕降臨，娛樂菜單有晴雨二種版本，晴則放天燈放煙火，雨則搗麻糬和營火晚會，無須擔心長夜漫漫太無聊。改良版的露營，雖然有各種荒謬，但卻比較適合我這種愛大自然卻不愛太天然的現代人。

然而，改良版露營並非事事完美。

某次，到山區露營地，以為不會再有海浪擾眠。晚間，至露天溫泉池泡湯，身心舒暢，正打算好好睡一覺，隔帳一群小孩播歌打牌慶生至半夜。而後，換成女人講電話，一面講，一面大笑，在靜謐的山區，一切聽得清清楚楚，讓人覺得自己彷彿是個偷窺狂，內心不斷掙扎是否要起身敲帳。帳篷的隔音效果當然不如牆，但若這僅存的露營元素再去除的話，就完全不能稱之為露營了，倒不如改住度假小屋。

我因此想起一件舊事。不知是否來自童話故事露營野餐的想望，還是對置身帳篷有種新鮮感的期待，女兒很小的時候，看著電視螢幕上民眾於總統府前搭棚抗爭，竟童言童語地表示羨慕。不久，客廳便出現了簡易的小帳篷，狗屋一般。小孩經常躲入其中，彷彿這是祕密基地，直到悶出一身汗才願意爬出來，這多少滿足了一點點野外露營的想像。

某次至鄉間，一時興起，在三合院的稻埕上搭帳篷，小孩終於初次體驗露營。夜半，忽聞野狗圍嗅帳篷聲，默默搖醒其他母女，趁狗兒離開時逃進屋內。這比起朋友在農場露營，被牛群頂帳篷而地動天搖的經驗，只算有驚無險。帳篷雖防水防風，但一割即破，就算上鎖也未必安全。

即使有諸般窘境，依然要露營。

露營之夢幻，在於脫序日常，夜間聽聞蟲鳥合鳴，如音樂與詩。破曉，被各種陌生的山林絮語喚醒，走出帳外，發現昨晚剩下的宵夜，已被野生動物掃光。吸著飽含森林味道的空氣，望著滿天浮雲，日光以眾神之姿將海面敷貼上燦亮的金箔，華麗安穩如魔毯，忽然夢想就起飛了。

行過微溼的草地，穿過水邊那排猶披著秋裝的落羽松。風在花叢間捉迷藏，晨露在葉脈上往復滾動，維持不墜。一如我將回到的那個始終忙碌，始終努力保持平衡的人生。

（中華日報副刊2021/2/6）

8. 悠唱迪化街

迪化街是盆地城市裡一條長長的街，兩側是暗紅色的磚樓，走進去，就像走入一百年前郭雪湖〈南街殷賑〉的膠彩畫裡，有一種歲月悠長之感。那是時間行過的道路，一切彷彿凝固在歷史中。對內建戀舊雷達的我來說，這條街處處留下光陰的足跡，是速寫老建築的好所在。

黃昏，行至迪化街底，一家改裝成酒吧的三進老宅引我停下腳步。正張望著，走來一名矮胖的中年男子，一身汗衫短褲，告訴我營業時間未到，提議先去參觀他的工作室，就在轉角。那人大概是本地人，看來就像迪化街口常見的導覽志工。按理我不會輕易隨陌生人走，但有女兒相伴，好奇心的驅使便戰勝了所有顧慮。

其實，這般隨機亂走也不是第一次了。不久前，帶女兒到北投中心新村看裝置藝術，不巧竟封村施工。當時，一個原住民模樣的年輕工人見我們在大門鐵絲網徘徊探看，便自願領我們入內。一路躲閃監視攝影機，翻街走巷，接近冒險。他好心告訴我，入口右側平台是從前眷村的停屍間，使得後來的我每回到此寫生都有一種異樣的心情。

從安靜的迪化街轉入水泥大橋邊，像歷史翻過另一章，撞見城市的背面，霎時車聲隆隆，是那種連說話都必須扯開嗓門才能讓對方聽見的巨大吵雜。走過兩三個店面，中年男子拉開鐵門，眼前不到二坪大的空間，出現了各式老唱機與無數唱片封套，堆疊的，貼牆的，散發著濃厚的舊時情調。一圈圈黑膠唱片，像歲月的眼睛似的隨橋上流動的車燈閃著光，剎那間，這世界突然回到尤雅、鳳飛飛、校園民歌的年代，一切變得悠緩而親切。使我想起小時候書房角落的那台唱機，總是播放著台視兒童合唱團的〈我是一棵老松樹〉、〈魚兒魚兒水中游〉、雪花隨風飄的聖誕歌和幾張英文歌唱片。電影《真善美》的〈小白花〉大概是我英文歌的啟蒙，說起來也是五十年前的舊事了。

但凡舊物收藏店，總有一種介乎倉庫和回收站的擁擠與雜亂。這間工作室獨收唱機與唱片，以古老為統調，一切便濛濛地染上一層昏黃，恍若置身窄仄的居酒屋，光陰的五線譜之中，帶著一點蒼涼，一點懷舊的情味。那中年男子意不在買賣，而在於收藏與推廣，他無比熱血地播放幾張珍藏的照片，音質紛雜，忽大忽小，好似斷續的叉嗓是往昔流行的聲腔。大橋上從未間斷的車流，鬧哄哄的，像時代的背景音，於不調和中倒有一種跳接的奇異感，彷彿攤開一本褪色的線裝書，裡面全是閃跳的數位亂碼。

舊物舊人舊事舊地舊時光，總是輕易地和歷史沾上邊，消失一個少一個，無法重製，無法挽留。正因如此，使得念舊的人格外戀舊，惜物的人更加珍惜。想起多年以前，曾在台北市立美術館看過一個展覽，關於後來的人類出土我們這一代的化石斷面，層疊綿密的過去，盡是大大小小的手機殘骸。在未來人的眼中，數位時代的我們也不知道是怎樣一種失落的物種？除了3C產品，無物可考。

沿著迪化街往回走，天漸漸黑了，燈火漸漸遠了，一幢幢老房子靜了下來。只有老宅酒吧裡透出紅紅的燈光，隱隱送出一陣笑語和人聲。長長的老街，走進去像電影片場，走出來像打烊人間，有點滄桑，有點寂寞。簡直不像在大都市裡，而像一個小城，是那種令波特萊爾沉緬的「稠人廣座中的孤獨」。只覺得那似水流年像唱盤上悠悠唱著的老歌，在大街上汩汩地流著，轉著，漸行漸遠，不倒帶，不回頭。

（中華日報副刊2021/9/24）

9. 港邊大稻埕

即使繁華遠離，老城依然有喧鬧的時候。

大稻埕這一帶是古舊的老區，每到週末，碼頭邊卻有著頗為新潮的酒吧市集。從迪化街轉出，穿越水門，隱然聽見人聲樂聲歡笑聲。夕陽懸在對岸，隔著寬闊平緩的淡水河，夕陽越低，港灣也因之活起來。騎車的、運動的、遛狗的、覓食的、賞日落的，街頭表演的，熱熱鬧鬧，彷彿一幅動畫版的〈清明上河圖〉在眼前展開。

登上以木材搭建的餐車屋頂，飽含河流氣味的涼風從天末吹來，混揉了淡淡的酒香。鄰座的上班族帶著一日辛勞，或為酒約而來，或為歡聚而來，笑語四起。我面河而坐，微醺的夕陽漸漸溶解，印出波連千里的橘紅印象，第一次發現這日落竟與莫內的畫有幾分相似。大稻埕於我不再只是老街老樓老氣味的遺址徘徊，眼前這片不隨時間風化的水岸浮世繪，恰是對老城性格的另一種詮釋。

對岸高高低低的大樓如世世山水，如夜幕的花邊，有一種幾何的美麗。岸邊一條長長的燈光被藍色的水波紋身，小小的潮撞碎了月光，印在河上，這就是我心中夜景的極限了。首尾相接的遊艇泊在河面，微微搖晃如樂團，不為行進，而為演奏夜色而存在。不知它們將以什麼樣的姿態，為老城的港口奏出一夜搖籃曲？

這碼頭的夜間遊艇我是搭過的，那是一次包船出海的航程。船艙內，天花板上的七彩霓虹燈旋轉著，桌上擺滿各種拼盤和熱食，角落吧台調酒不斷，宛如KTV包廂。歡唱的畫面讓我想起雷諾瓦

〈船上的午宴〉，充滿醇酒，充滿歡樂，只是我們不在塞納河。爬上船頂，笑語人聲頃刻消失，四周一片安靜，只剩徐徐的風拂過耳畔。立於船首的船老大不停地燒烤著鮮蝦干貝蛤蜊牛排，關照著一夜的渡，一夜的飲，一夜的啄。那帶著食物香氣的白煙，隨風捲起，如河面上的霧。

拋下記憶的釣竿，我想起另一次包船出海的經驗，那是到東北角夜釣小管。搭的是一艘道地的漁船，桅竿之間點著燈，像掛滿一船的月亮。船艙內有臥鋪，但是屬於沒有裝潢的那種，所有人上船之前都以暈船藥墊胃。乘客忙著釣，船東忙著煮，徹夜未眠。釣起的多半是翻跳如銀閃閃彎刀的白帶魚，偶爾釣獲小管，船東立刻切給大家嘗鮮，那是與時間賽跑的甜，是下了漁船便無從捕捉的好滋味。整夜，滿船漁火釣竿起落，直至天色微明，方帶著一身洗也洗不掉的魚腥味返家。

大稻埕碼頭的週末夜色，帶著一種節慶的意味，對酒暢飲，輕易地傾出一週的疲憊。抬頭，光點斑斕，像是梵谷的〈星夜〉畫在天空。隔杯遠眺人間燈火，便覺得自己坐擁天地之間最美的夜色，很自然地想起鄭愁予的詩：「時間雕塑了這畫版，夕陽一天印刷一次，偶有寅月蓋一記章，完成宇宙收藏的意味」。

夜已墨，美麗的星子已溶化，月光悄悄地沉落一日的榮華，留下一涯寂寞的水岸。走在大稻埕的港邊，人和船都成了天地間微小的點景。這港，是靜了，靜得像歲月為老城畫下的一卷沉默的山水，以蘸酒的筆，以微醺的詩，以溫柔的流域。

（中華日報副刊2021/9/7）

2017.9.10

10. 夕照大海

每次來到可以俯瞰大海的山頂，心就像海面一般寬闊起來，光是看著就鬆了一口氣，有一種人生只要閒著就好的感覺。

山頂沒有太多的遊客，在停車場下方好像有一棟缺了頂的廢棄紅磚屋。走近一看，感覺其中曾經有某種真實的生活痕跡和呼吸。屋子面海的缺口，連接著一條又陡又長的軌道，在如浪翻動的姑婆芋之間通向芒草搖曳的彼端，彷彿直衝陰陽海。

過去，在這座孤單立於懸崖的紅磚小屋裡，曾經有一群人吆喝著、揮著汗、唱著歌、喝著酒，就像洪瑞麟畫中永遠處於勞動狀態的礦工們。每一根殘柱每一片磚牆每一件生鏽物事，召喚出金燦燦的昨日，重現遺忘多時的礦山記憶。

這裡，是往昔金瓜石斜坡索道的天車間，百年前，曾是採金、運礦、載人的沉默推手。台車由此滑向本山六坑，輾轉接續，最終抵達十三層遺址。隨著礦坑封閉，三十多年的棄置，這屋染上光陰的塵，結滿歲月的霜，各類雜草以點線面的陣仗在水泥裂縫中盤據。年邁的礦工們不忍礦山記憶湮滅，手握鐮刀砍除蔓草，於今，鐵道重現，此處成了登錄的歷史建築，以遺址的姿態。

這樣眼前有海，四周有山的地形，總會讓我想起希臘。村上春樹在《遠方的鼓聲》這麼寫：「上到岩石山上的教堂去看人家作彌撒，買了幾張風景明信片，在咖啡館一面喝著熱咖啡一面眺望夕陽逐漸沉入大海。」海面上冬天的落日，有一種淡淡橙色，好美，彷彿又回到聖多里尼島和世界各地的遊客一起讚嘆夕陽。

或許天氣，或許心情，也或者，帶著一雙觀光客的眼，我始終覺得希臘的海有一張快樂的臉，呈現喜歡與人往來的表情。那掏心掏肺的藍，極飽和，像一幅設計課的藍色系平塗練習，又像是個直腸子的人，無有保留，無有多餘的情緒轉折。

站在六坑斜坡索道，不見沿著山坡排列的白色小屋，沒有從港邊飄來的烤魚香，也沒有歡樂沸點的酒吧。有的只是寫在山丘之間的荒草鐵道廢墟，向海的青塚和如風穿林的消蝕往事。山頂的磚屋似乎從高處送出這樣的訊息：有沒有誰來把我的故事寫下？

我因此想起大衛．喬治．哈思克《樹之歌》所描述：「在挽救礦工的性命這一方面，樹木的功勞應該比金絲雀大。」昔時蘇格蘭為防止坑道岩石因重力而塌陷，遂以木柱支撐。木頭斷裂之前會發出嘎吱聲音，成為逃命訊號。即使後來改以鐵柱為坑柱，為了能聽到崩塌警訊仍加插木柱。我無法想像礦工如何在光透不入，風吹不進的悶熱空間裡，長年沾染礦坑氣味，毛細孔填滿一身洗不掉的黑，宿命般地工作著，警覺著，身心消耗著。

殘破的磚屋以紅赭之色，哨兵也似地站在高處四顧，孤獨而沉默，宛如希臘山丘上聳立的斷柱神殿，感覺很威風，又很荒涼。就像一處時間的臨界點，包含所有的完成與未竟，暮色斜陽下猶似天涯斷腸人，默然地眺望山海，望到鐵道的盡頭，恆常是山林曠野的蕭索，恆常是夕照大海的滄桑，韌性不滅，只是廢墟傾頹。

（中華日報副刊2022/3/2）

11. 想念遠方

若不是疫情框住了人間，我可能不會重新憶起曾經走過的國家。那些遙遠的國度像一串久掛簷角的風鈴，風來，叮噹響起，猶如一個個好久不見的老友，拌入歲月，揉成舊識，不相忘江湖。

往年，一到夏天，總是毫不猶豫地把自己打包到歐洲，移動於國與國之間，無預設的目的，無所謂的追尋。像一個閒之又閒的人，帶著一點點逃離，揣著一點點想像，晃悠於西洋美術史的風景畫裡。由此，沒有出生在歐洲的遺憾都被彌補了。

記憶中的英國是綠色的，無盡的綠，彷彿穿透車窗依然能嗅聞到青草的芳香。那無邊界的草原，叫人相信這地方值得放牧心靈去翻滾。車行迢遞，窗外始終一派綠，數天之後，視覺逐漸感到疲勞，心裡那聲「哇！」已消失，終於捨得拉上窗簾。

想起法國，就想起普羅旺斯的塞農克修道院，在那裡，連空氣都是紫色的。綿延的薰衣草田像是攤開的詩頁，讀著讀著，心裡的皺褶幾乎都被熨平了。迤邐的紫，在岩黃色大地的映襯下，那對比，讓畫畫的人如獲天啟。色彩學反覆論述的這些那些，只消看一眼，便懂了。

彼得．梅爾寫的《山居歲月》，指引我來到沃克呂湧泉。一路漫無目的的散步，不知不覺，走到索格河邊，那是詩人佩脫拉克住過的風景，是寫在河面上的詩。站在繁葉與溪石中間，綠色的風帶著些許魔幻，舒服得叫人想瞇眼睡去。恍惚之間，我意識到心中的普羅旺斯色票，除了紫，還需加入綠色系漸層。

德國，古堡之地。迷路於羅騰堡的青石窄巷，剎那間明白了，所謂的「堡」並不是一座小城堡，而是整個廣大的古城區。這裡多的是麵包店，糖果店，餅乾店，鐘錶店……腳底踩的石，手掌摸的牆，全是老的，就連呼吸的空氣都是舊的。一切像是走入童話繪本中，不禁假想自己是故事裡的人物，行止不自覺地古雅起來。

自捷克歸來，留在記憶裡的不是布拉格的查理大橋，而是卡洛維瓦麗可以喝的溫泉。一面安步行走，一面轉開路旁的水龍頭，喝著各種溫度各種療效的溫泉，幻想自己獲得了療癒的能量。當地的溫泉杯，外觀與一般馬克杯無異，不同的是把手是空心的，兼具吸管的功能。我喜歡這種逆向的設計，它讓人顛覆使用的慣性。

土耳其的清晨，空氣裡顫動著清真寺的拜喚，低沈的男聲像是穿越幾輩子的時空傳來的報時，古老而穩妥。一座座舊城般的市集，填滿了濃厚的香料氣味，彷彿它們的存在是為了掩護土耳其料理中無所不在的羊羶味。

位於歐亞交界的土耳其，自古以來，基督阿拉輪番守候。各種教徒的避難場所，石窟有之，地下洞穴有之。那些時而扮演回教堂，時而變身成為基督教堂的壯麗建築，帶著糾結的宗教身世，像土耳其的地毯般錯綜複雜，也像皇宮內外鋪天蓋地的磁磚一樣幽微難解。

抱著朝聖的心情到希臘，雅典娜、波賽頓、阿波羅……彷彿走入眾神的花園，彷彿聽見村上春樹的《遠方的鼓聲》。原本寸草不生的海中荒島，沿著陡坡，種滿一棟棟純白的小屋，在藍天藍海的簇擁下，方糖一般，融化了旅人的心。米克諾斯島散步的風車，聖多里尼島酒釀的落日，克里特島走不出的迷宮，像是荷馬史詩的斷片，沉澱在旅行地層裡，宛如遺跡。

荷蘭的風景，使我有一種回到故鄉的感覺。那條壓得極低極低的地平線，像極了從小看慣的嘉南平原，一無遮蔽。舉起相機，大片的天空佔滿了整個視窗，雲朵躍升成畫面的主角，使人不自覺以前所未有的眼光，細看不拘形態的雲。猜想，這些雲恐怕已經很老了，才能如此自在去來。

瑞士，是上帝親吻過的土地，在我的字典裡只能以天堂來形容。奧地利的山水，生出莫札特，養出克林姆，到現在，維也納分離派會館屋頂上那顆鏤空的金球，還在我的記憶裡閃著光。

理想的旅人，只是來，只是看，只是走。任清風穿過兩袖，用心記住花草的模樣，安靜傾聽蟲鳥的絮語，大口呼吸不同國家獨有的氣味，那才是靈魂的大休息。但是，面對不可言狀的美，我總是忍不住又拍又畫又寫，一再一再地留下心靈深處不想忘記的圖景。

此刻，這些美麗的國度成了暫時到不了的遠方。只能在意識裡，以快樂的型態一遍遍溫習，一遍遍想念。想久了，心底彷彿響起一首未完成的奏鳴曲，美好如月光，如織錦，如酒香。祈求著丟失的旋律，在不久的以後重新揚起，在牧歌般的草地。

（中華日報副刊2021/12/1）

Lily 2000

12. 夏天的想望

在家上班，每天起得比平常晚，是為奢侈。無法出門，困在熟悉的居所打轉，一天之始，即可看到一天結束的樣子。但卻無法看到未來，無法預知疫情的終點，心情就像《七信使》那位一心想抵達王國盡頭的王子，越往前走，越看不到邊界。

在家自肅的日子，每個早晨站在窗前，看著對面密密麻麻的房子，與窗外的鳥聲蟬鳴樹影對話，在一日復一日的無限循環裡發現知命與安適的可能。如今，我已被疫情馴化，不敢渴望旅行。然而，總是在和風俱暖的好日，心情會自動設定成出國漫遊的狀態，每每在猝不及防的時候，異國的夏季日和便在回憶中閃著光。

普羅旺斯實在是想不得，想到覆蔭著法國梧桐樹的艾克斯大道就忍不住嘆息。多年前曾在樹葉翻飛的夏日午後於此逗留閒晃，吹著夾道醺醺然的風，涼快得想拉起吊床好睡一場。

普羅旺斯的圖景，讓畫畫的人備感幸福。嵌滿石屋的岩黃色山丘，佐著涼風的澄綠河谷，路邊人家陽台窗台怒長的天竺葵，屋簷下攔阻暑氣的細密竹簾，一切顯得野氣而優雅。藏在山區的塞農克修道院，門前一片薰衣草田，無邊無際，彷彿動用了色票上所有的紫色調，靜靜的沁著紫色的花香。蒸散的空氣中，帶著一股精油的質素，繚繞不去。

到艾克斯，不自覺地想起此地長大的塞尚和左拉。成名甚早的左拉，曾在小說中描寫一位辛苦作畫宛如吃力推著巨石上山卻無法前進的潦倒畫家，最終結束自己的生命。這使得一路真心幫助左拉的塞尚，完全不能忍受同窗好友的影射。有著藝術家纖細神經的塞尚，無法理解小說素材張冠李戴的虛構特質，既氣憤又傷心地宣告友誼的結束。我看見文字的力量，一字一句敲碎畫家脆弱易感的心。

宅在家的日子，追劇是為必要。看著是枝裕和的電影《海街日記》，腦海立時浮現鎌倉小町通那碗多到溢出來新鮮透明的魩仔魚丼飯，不禁十分觀光客的懷念起面海咖啡館那片非常抒情的藍天，彷彿置身湘南海岸的江之島電車，睜大雙眼看著車窗外的沙灘、老鷹、海。想起日劇《倒數第二次戀愛》不斷上演人間離合的極樂寺站，想起幽深的明月院中一團團註冊過的藍色繡球花，安靜的空氣裡，隱隱流轉著詩意與禪意。

我心目中的東京是屬於太宰治的。從鎌倉搭電車到東京，特意至玉川上水朝聖，想像太宰治在人間的最後身影，不明白他為何一再一再地縱身入水？好似生命的盡頭有一道急流等在那兒，非奔赴不可。我看見作家不輕易讓人讀取的心靈，殘破，絕望，荒涼。

來到東京Bar Lupin酒吧，在地下室昏暗的角落裡，太宰治彷彿依舊穿著襯衫和西裝背心，盤坐在高腳椅上。太宰治看似任性懶散的生活基調，其實蘊含著不安與無奈。儘管被宿命翻弄，他依然把憂傷藏在無人可見之處，試圖活成一首節奏輕快的歌。

追求「詩人的臉與鬥牛士的身體」的三島由紀夫，無論在文學養成或肉體鍛鍊方面皆十分嚴格，過著極其自律的人生。他與太宰治是完全不同的類型，曾在文壇聚會中以後輩之姿迎戰太宰治，他說：「我厭惡你的文學。」太宰治則不疾不徐的回應：「但你還是來了啊！」這兩位大文豪唯一的共同點是自己書寫人生劇本，自己決定與世界告別的方式。

遭逢瘟疫的此刻，身陷於一個瞬間凝凍的時空，世界彷彿被施了「一二三木頭人」的咒語，一切都停了。過往，遊盪四方的可能，已然不見。於今，生命顯得如此脆弱，太平歲月顯得如此彌足珍貴。但毫無疑問的，任世事再艱難，也不會有過不去的坎，到不了的遠方。

走出屋外，憑欄俯視陽台，幾株濃綠繁盛的細葉欖仁，像是為中庭覆上綠色的地毯。想起辛波絲卡的詩：

「在密封的廂型車裡，

名字們旅行過大地，

它們要如此旅行多遠，

它們究竟出不出得去，

別問，我不會說，我不知道。」

我打開速寫本，靜靜地描繪緩緩移動的樹影、遠山、微風與塵埃。靜靜地盼望有一天能坐在普羅旺斯的豔陽下，畫著塞尚最鍾愛的聖維克多山。屆時，我將啟動夢想的翅膀，穿越時間的大河，飛往想望的未竟之地，畫畫夏天，畫畫大海，想想文學，想想人生。

（中華日報副刊2021/7/3）

13. 畫裡的謎

沿著街市的氣味，轉入巷弄，老榕悠悠緩緩指向天空，陽光與樹葉虛實點畫，漫漶成一地不易辨識的草書。空氣是安靜的，隱隱蒸散一股鄉間小路才有的花香。一排舊昔時代的日式屋舍藏匿樹叢中，彷彿安養院裡一起慢慢變老的老人，無聲的，石化的，像被忽略的風景，被遺忘的溫柔。

曾經身在其中的既視感，召喚出記憶裡關於日式老屋的回憶。想起年少時，初到畫室學畫，日式庭院中綠光晃動，呼吸間盡是草菁和泥土的氣味。我經常坐在樹蔭下，捕捉光線移動的軌跡，分析花影色彩的變化。

脫鞋，走入重新整建的日式老屋，歲月熟成的木頭氣味填滿室內，彷彿連牆上的掛鐘也被薰慢了。我的眼光很自然地落在整牆的書架上，一冊冊的舊書，像是一則則作者以時光書寫的人生故事。

抽出太宰治的《人間失格》，一翻開，旋即掉落一張太宰治的照片。多年以前，曾至東京的玉川上水尋找太宰治終結生命的投水處。不明白他為何如此厭世，再三奔赴暗潮翻動的流水？一個人要行至多麼幽深的暗夜，才會不顧一切縱身一躍？望著如今已成淺溪的玉川上水，太宰治的文字像流水般在眼前晃動，他的人生依然是存在我心裡的一個荒謬的謎。

無人的午後，日式老屋內一片靜悄悄，滿窗的綠，陪我一起躺在空無一物的木地板上。想像自己是一株從地板長出的植物，想著想著，不覺沉沉睡去。

夢裡，我正穿越老屋的甬道，觀看著迴廊兩側的掛畫。第一幅是油畫，男子立於畫中央，黑狗跟在身後，葉片飄落一地，彷彿可以聽見踩碎落葉的足音。畫面的背景是晨霧瀰漫的樹林，灰綠的色調像極了柯洛迷濛著詩意的風景畫。男子的臉龐看起來就像太宰治，他的表情哀愁中帶著一絲嘲諷，像是一個矛盾之人，身陷不幸，卻又極力想征服不幸。畫中的黑狗，使我很自然地想起太宰治在〈畜犬談〉文中提到的那隻流浪狗，自練兵場一路跟回家而被收養的小黑。

「我討厭狗，甚至是憎惡到了極點。」耳畔傳來男子的聲音，然而，四下無人，我以為我發生了幻聽。錯愕中，太宰治的五官跳出畫布，飄浮在三度空間，簡直就像電影《哈利波特》裡出現的畫面。我忍不住問他：「你就是遷居東京前決定遺棄小狗，還差點用毒牛肉毒死牠的狗主人嗎？」

畫中的太宰治沒搭腔，似乎要我當他不存在似的。他掏出香煙，點上火，吸了一口，眼神望向遠方，陷入沉思。我注意到他的表情開始變化，彷彿進入不輕易讓人讀取的幽暗記憶。

太宰治在〈畜犬談〉中如此描述狗：「只是一味地看飼主的臉色……即使挨揍也夾著尾巴默默不語、逗家人笑。」文中的狗主人即使厭惡狗，還是收留小黑，像餵嬰兒般的把牠養大。平日遇狗卻依然害怕，總是趕緊堆起笑容，委屈繞路。不免猜想這位狗主人，正是平日害怕看到別人生氣的臉，慣常採取示弱外交的太宰治本人。這也使我想起自己，遇見惡聲惡氣的人總是閃避，缺乏正面對決的勇氣，不知不覺中，讓渡出心裡一些重要的什麼。

第二幅是肖像畫，以暈塗法呈現古典油畫的深褐色調，帶著一種達文西〈蒙娜麗莎〉的神秘氛圍。畫中人物我一眼認出正是坐在東京Bar Lupin酒吧一隅的太宰治，他雙腿盤坐高凳，穿著雪白的背心襯衫，濃密的黑髮隨性地側分，微微上看的眼神略帶神經質，嘴角浮著一抹自嘲的笑意，看起來英姿颯爽。

望著畫，我不禁想：「怎麼會如此玩世不恭，讓大好人生走向失序，走向毀滅？」真想鑽進太宰治的腦袋裡，挖掘他到底在想什麼。

畫中的太宰治彷彿看穿我的心思，說了一句：「我是不是很無賴？」濃厚的酒精氣味，隨著他的話語飄散在空氣中。我突然感到悲憫，有某個地方和太宰治悄悄連結上了。慣於自嘲而不嘲弄別人，同樣是幽微易感的心靈啊。

「人生實難，每個人都有生存的辛苦，不必感到抱歉。」我說。

太宰治動了一下嘴唇，好像要說什麼，但也僅是發出一聲細微的嘆息。別人不懂太宰治的，我似乎懂了，逗人發笑的小丑，是不輕易對人傾訴憂傷的。他的憂傷藏在凹陷的眼窩，藏在消瘦的雙頰，藏在刻了直線的眉間。

卡在生命邊界的太宰治，始終沒有放下他的筆，即使身心極度虛弱，經濟壓力如影隨形，依然為了生存奮力尋覓活路。他在《文筆》中寫過一段話：「人們只要求作家要謙遜，使得作家誠惶誠恐謙虛到卑躬屈膝的程度，把讀者奉為主人，將自己的私生活攤開到無可再攤。不好意思，我賤賣的是作品，不用連作家的靈魂都拿出來兜售，我才想要求讀者謙讓一點呢！」我看到一個創作者在理想與現實之間的拉扯，明白那種心裡住著兩個自己，日夜不停互相為難的感受，我開始對他感到莫大的同情。

迴廊的最後一幅畫，是故宮的水墨人物畫〈韓熙載夜宴圖〉。發黃的卷軸上，宮廷畫家顧閎中鉅細靡遺地描繪了大臣韓熙載夜夜聽樂觀舞的歡宴場面。不可思議的是，五段畫中出現的韓熙載，皆被置換成太宰治，太宰治的臉分毫不差地嵌在高帽子下。這樣的錯置，使我連想到太宰治經歷的二戰動盪和韓熙載面對的李後主終結，二者之間有著極為相似的無能為力。滿腹主張卻不得不選擇沉默，只能任酒缸釀成一個無法言說的自己。

太宰治曾在《文藝通信》中說：「一個人若是處在什麼都不想做的失志狀態，表示他很健康。或至少，是在一種無憂無慮的心境中。否則，君看上至拿破崙、米開朗基羅，下至伊藤博文、尾崎紅葉，這些人的功績，哪一個不是在瘋狂狀態下完成的？沒錯，絕對是這樣。所謂的健康，是屬於心滿意足的豬，鎮日愛睏的小狗。」潛伏體內的肺結核，持續地嚙食著太宰治的健康，酒精成癮也不斷糾纏著他。就算他跟小狗一樣安靜閉著眼，也只是肉體不聽使喚的假寐罷了。

此刻，畫中戴著高帽子的太宰治，喃喃說道：「或許所謂的大人，總是像這樣勉強地活著。」我看到裝瘋賣傻的他背後的脆弱悲涼，我看到生活敗北的他對人生疲憊已極。生命的盡頭，似乎已有一道急流等在那兒，濃重的死亡氣息，不斷不斷地逼近，終於使他絕望的以為，放棄生命是脫離困境的唯一救贖。

就在此刻，我醒了過來，太宰治的存在幻象完全消失，我好似和遙遠世界的一個自我殘像擦身而過。回到現實，只有我一人獨自存在於這棟寂靜的日式老屋之中。

走出屋外，庭院後方是一條隱密小徑，不知從什麼時候就已經存在，看起來就像夢裡太宰治和小黑狗散步的樹林。我打開畫布，靜靜描繪樹梢之間晃動的花影。

隨著日光飄移起落，我停下畫筆，思索那些存在於時空斷裂夢境中的一切。蓋上畫箱，彷彿夢中的畫，不再是謎團，而是封藏，那個和太宰治同一天生日的自己。

（中華日報副刊・主編精選2021/10/15）

14. 溫泉之必要

烏來的山，好近。往下望，是一條沿著山谷底流過的南勢溪。我對這河的第一印象是綠，不是山色般的樹綠，而是以知更鳥蛋藍為企業識別色彩的Tiffany blue的那一種色澤。空氣綠得像濃冽的抹茶，隱然有股茶香，眼前的風景就如唐代的青綠山水那樣，兀自在眼前浮盪起來。望久，彷彿走入了唐朝李思訓精細勾勒的山水間，沒有誰比慣用石綠設色的他更適合在這裡寫生了。

戶外的溫泉池，依山而建，隱匿在巨大芭蕉葉的層層綠意之中，涼亭湯屋外是溪水，一步之遙便是杳無人跡的山林。我喜歡浸在溫泉裡，對望青山。氤氳熱氣的池畔，一女子面溪而坐，這背影使我想起法國新古典主義畫家安格爾的那幅〈浴女〉。看景發呆，時間像一條夏季無盡的沙漠公路向我展示慢板的一天，好像我又回到剛完成學業時的洛杉磯，安靜地消磨著無所事事的一天。這季節的天色由綠轉黑，一隻白鳥掠過，陡然在空中畫出弧線，如露如電，彷彿隱喻一種尚未命名的生活。

大學時修西洋美術史，讀到義大利古羅馬文化可容納二千人沐浴佔地超過四個以上台北小巨蛋的「卡拉卡拉浴場」時，腦中完全無法丈量那龐大的規模。年輕時認為生活在他方，特意到英國巴斯這個世界文化遺產的溫泉小鎮，看古羅馬人在此建造的那棟貌似氣派宅邸的公共浴場。拱廊之間仍保留一座蓄著水的長方形浴池，在傳統古羅馬建築裡，中庭慣常是噴泉花園的屬地。昔日眾生沐浴的樂園，如今成了荒廢的古蹟，像一則陳舊而華美的傳說。行走其間，不覺遙想當年自異國輸入大不列顛島的沐浴文化。

安格爾有一幅〈土耳其浴場〉，畫中一群女子擠挨在浴場裡，或坐或臥，令我無從理解那是怎樣的浴場文化。為此，初抵土耳其安納托力亞高原的當晚，便前往有專人為遊客洗澡的土耳其浴場。眾人立於一旁，一個．個輪流趴上浴場中央的磁磚高台，像一隻待拔毛的豬。土耳其大嬸用觸感近似菜瓜布的工具背面刷刷，翻面刷刷。起身後，從頭嘩啦嘩啦澆下一盆熱水做為終結，好似燙豬毛。這使我想起古代日本錢湯一種叫做「三助」的職稱，指的是專門幫人搓背的男子。隔日，菜瓜布所經之處，無不起疹發癢，想來是乍然到了天寒地凍的雪地，氣候乾冷皮膚變得脆弱，經不起過度清潔。

土耳其的棉堡，是我見過最美的溫泉。廣闊的天地間，梯田也似的溫泉由上而下一圈圈展開，鑲邊的白色石灰岩有一種雪糕般的質感，在水晶似的藍天映襯下，池面如鏡，像是一朵朵降落地面的祥雲。讓人覺得若有天堂，此處便是。忍不住鞋子一脫，坐下來泡腳，那溫暖見者有份。後來的我每回到北投的足浴池，總會閉眼回想冬季到棉堡泡腳的那天，就像做了一場暖暖的舊夢。

我開始泡湯的年紀很早，但泡懂溫泉的年紀卻很遲，要到很後來才明白，耽泡溫泉的人必定嚮往心靈的沉靜，追求的是一種緩慢的悠哉狀態。繚繞熱氣的浴池中，極忙與極閒的人都在這裡，上班族專注冥想，覓得浮生稍歇，退休者神態安閒，填充著不再需要被定義的空白時光。我突然想起辛波絲卡的詩：

「什麼都沒有改變
除了河的流向
森林　海岸　沙漠和冰原的曲線

那微小的靈魂就在這些風景間漫遊

消失 折返 靠近 遠離

甚至對它自己來說都陌生 無法捉摸

有時候確定 有時候不確定它是否存在

在此同時 身體一直一直都在

無所遁逃」

沐浴之必要，溫暖之必要，不管在羅馬還是東方，不管在古代還是二十一世紀，不管世事如何更迭，浴場始終像是一個開放的海洋。一池暖泉中解釋著生活的祕密，休息的角落裡躺著存在的意義，更多更多的是，瀰漫四周的那些動用所有的語言也不知道怎麼去訴說的生命裡的過眼雲煙。

（中華日報副刊2022/2/9）

Lily '05

輯四

浮泳人間

1. 歸零的山村

走在台北盆地邊緣，一轉一折便遇到上坡，讓人想起鄭愁予的詩「北投，像生了綠苔的酒葫蘆，這小小的醉谷呀，太陽永不升起來」。爬到山頂，草木氣味混合硫磺的味道，老成的樹自橫切面冒出細枝，伸向一塵不染的藍天。

過馬路，便是舊時的眷村，以一種荒野荒村荒地的姿態藏匿山間，背對世界，沒有被都市大樓侵蝕，就在北投，被留下。走入其中，便走入歷史，宛如北投一張捨不得丟掉的老名片。

大把大把的陽光從身後灑下，靜寂的眷村就像一幅畫，嵌在歲月中。空氣中嗅聞不到眷村特有的南北揉雜的食物氣味，只聽見苔綠磚牆上的光影對話，好似在為光陰的故事倒帶。穿梭在無人的窄巷，整排歪斜擠挨的屋院，充滿歷史的塵埃，像一個個看盡風霜的沉默老人。儘管我的成長背景沒有眷村經驗，卻忍不住在心裡勾勒一幅幅起落興衰的人生素描。

村子口被盆栽覆遮的人家，仍維持著生活的日常，好像從廢墟裡開出的花朵。漆上時間的老屋總令我特別執迷，那像是收到一種邀請，要我畫下它。攤開畫本，凝視老房子獨特的表情，每個皺褶裡似乎都藏著故事，彷佛牆頭屋頂樹梢處處都晾曬著達利畫裡的軟鐘，滴答滴答地走著別人的一日一生。我在腦海裡搬演各種人生悲喜劇，一時之間，好像活在電影《小畢的故事》裡。回過神，有些什麼從頭頂閃過，是貓，靜靜地蜷臥牆頭，睨視我忙碌的手。

一面畫著，一面看著屋內老人炊煮澆花餵狗，洗洗弄弄進進出出。他的背有點駝，臉頰消瘦，有種對周遭的陌生人不太理會的神色，好像已經習慣只有自己的日復一日，任何增減也掀不起生活的浪。從前，這裡應當填滿鄰人的閒聊聲，房裡的麻將聲，和空地傳來的孩童嬉笑。然而，此刻目光停留之處，無有人煙，整個村落似乎只剩這一戶。當長夜降臨，一整村黑暗，我無從想像，僅有電視的人聲作伴，會是怎樣的寂寥？

（聯合報副刊2021/4/16）

2018. 11

2. 遺世之屋

在城市邊緣最荒廢的角落，也可能有華麗的遇見。

走在瀰散硫磺氣味的山中陡坡，有幢曾經富麗照眼的別墅，以空屋的形式兀立著，丟失線索般停格在時間之外，形成一種荒誕的嘲諷。

自二樓美術教室往窗外俯視，隔著巷道便是這幢三層樓的別墅。幾株櫻木舒展至牆外，一到春天，轉角小徑總浸染著一種粉紅色的芬芳。每當站在窗前洗掉滿手的粉筆灰時，總是好奇地望向這座廢棄的宅院。一樓大門斑鏽，玄關豎著希臘列柱，二樓露台是成排的巴洛克酒瓶狀欄杆，三樓的風格切換成羅馬圓拱，整座建築呈現模仿洋派的講究。所有窗皆無玻璃，像張口缺牙般寒傖，偌大的房間顯得空蕩又粗糙。

日日對望如此氣派的宅邸，那空屋於我慢慢建立了一種連結，我經常在腦海為它勾勒關於家的素描：「走進大門，迴旋梯入眼，客廳擺放雕工繁複的維多利亞風格家具，開放式的廚房有著嵌壁式烤箱，正溢出一陣陣的蛋糕香。二樓是臥室，浴室窗外一片綠光。三樓採光明亮，正適合當成畫室。」在重複又重複的上班時光裡，這樣即興的擺設搬演，大大滿足了我對家的美好盼想。

幾年之後，擁有自己的房子，也布置成夢想的模樣，漸漸忘記教室外這幢充滿想像空間的別墅。直到有一天，無意間望向窗外，發現空屋的窗邊晾了幾件衣服，這一瞬間，我便栽入了各種讀過的小說情節。

一整天，每隔一段時間我便朝窗外張望。近午時分，終於，終於自屋內走出一位面目模糊的中年男子，蹲在地上，慵懶地抽著菸，與整棟氣派的建築體十分不搭軋，心想，他是流浪漢吧？

男子如果不抬頭，永遠不會發現有一雙好奇的眼睛正從高處打量他。我的內心冒出無數臆測，也許他是遭房東驅趕的失業男子，有過一段無人能解的人生。也許他是像電影裡避走江湖的亡命大哥，藏匿無人廢宅。也許他是自我放逐的孤鳥，正以貧窮旅行的方式，咀嚼生命中的停頓時光。也許，也許他就是一身傳奇的屋主，在終結前半場的戲夢人生之後，悄悄綢繆未竟的輝煌。

接下來，只要走近窗邊，我的眼光便不由自主地望向別墅，好似印象派畫家卡莎特〈包廂中〉畫裡那位持望遠鏡眺望舞台的女人，偵探一般，試圖破解男子的身世密碼。

多半時候，男子在室內散晃盤桓，宛如慢速攝影模糊的軌跡。不哀不樂的面孔，像是認命地接受過去和未來降臨身上的所有不幸。好天氣時，他的身影定著在庭院角落，手中打磨著無意義的什麼，像是要拋光那無人知曉的暗啞昨日。晾曬窗邊的衣服，是唯一可讀取的生活痕跡，未見任何生火起炊的畫面，只有那人那屋進行著這一場無任何情節無悲無喜的默劇。

時日久遠，這座擱淺的樓依舊灰濛著一張臉，緩緩浮出廢墟的表情。我依然風裡來雨裡去，日日穿行於飄著硫磺味的山城。這棟樓於我，不再是長鏡頭特寫聚焦之所在，而成了一種關於廢棄的意象。偶爾不經意俯視窗外，那個蟄伏空屋的謎樣男子已蒸發如記憶的幻覺，只剩下這幢凋蔽的、孤伶伶的、日漸崩壞的空屋，彷彿是靜止夢境裡一個遺忘的存在。

（中華日報副刊2021/10/2）

2018.11.15 中正新村

3. 北投泡湯

城市如果有氣味的話，北投無疑的是硫磺。

北投自古是一則浮沉在溫泉裡的女巫傳說，賴溫泉蒸騰出這座城市悠緩的面目。常綠的北投公園位在市中心的上坡處，溫泉溪水日夜輕唱，終年逸出硫磺味。兩旁傍著一間間的溫泉旅館和拉麵店，這些店家莫不飄散著日本情調，在黃昏的餘光中，彷若一卷動畫版的浮世繪。

通勤北投二十年，寒流的日子上班，捷運車站內塞滿看得見的羽絨外套和看不見的發熱衣，車廂看來宛如滑雪纜車，讓人誤以為滑雪成了全民運動。凡是可以包覆的地方，皆被外套圍巾帽子口罩裹住。眼睛是唯一的情緒辨識，明明白白註解了早起出門的人，沾著寒氣書寫人生的堅忍與無奈。

天氣極冷，路上無一個人，無一隻狗，街道的聲音凝固了，一切彷彿都已凍僵，就連呼吸的水蒸氣也像快要結冰。我心中好像頓悟了一些什麼，突然閃過一個念頭，寒流來襲的日子，何不將溫泉旅館當成落腳處，讓疲累寒冷與奔波從泡湯中得到釋放？

下班，入住飯店，即至大眾池將身體浸泡熱水裡，驅走寒意。從烤箱走出，喝完薑茶，穿著浴衣躺在長椅敷面膜。回想通勤的時光，倏忽已過二十年，歲月的面膜，無法除皺抗老，無法增加膠原蛋白，增加的只有接受人生一切順逆的彈性。

天已夜了，吃一碗熱騰騰的麵，連胃也感受到溫暖。沿著紅磚斜坡走回飯店，續以咖啡甜點作結，覺得人生值得。但我不能就這樣打發這個長夜，彷效日本人在溫泉旅店「一日四泡」的精神，睡前，於房間內的浴池續泡，感覺全身的血液在小河裡快樂地唱歌，溫暖已夠，裹著一身熱氣酣暢入夢。

晨起泡湯，水面看久了，彷彿閃映著跳動的希望，像是莫內畫裡的日出。用完飯店早餐身心俱暖，散步上班。推開大門，好像置身寒流世界的另一個世界，風寒不侵，自成一個溫熱的夏日小宇宙。日子是一條長河，終年不變地流著，然而若是河道轉折，便能看到不同的風景，觸著生活的另一種姿態。

家住城南水岸，日日往返城北山丘，若問我為何不搬到北投？我會用楊牧的詩來回答：「那時正在漲潮，我們坐在纜索上，有一條小划舟點著燈在河口盪著。假如我們向它招手，你說，它就會為我們引渡。但我不想渡，我喜歡此岸。為甚麼要渡呢？那山腳下一片朦朧，我寧喜歡此岸。」

即使北投四季熬煮著一鍋氤氳熱湯，我仍只想在寒流時節，領受這道以冷暖為鍋底的人生之湯。在熱氣中，讓水波浸透記憶，溫習風裡來雨裡去的通勤時光。回味長長的日子以來，那些揉進生命裡的終於明白的事和依然不懂的事。

（人間福報副刊2021/12/15）

Lily '22

4. 猶有花開

上班等紅燈，視平線對著一無遮蔽的天空，這畫面在大城市算是很難得的。流動的雲，流動的車，彷彿全世界都動起來了。獨我一人，忍著呵欠，像極了眼前這朵被風追著不得不跑的雲。

抬頭望天，白雲吸收天地所有的聲響，正緩步朝向山邊移動。我感到天空的俯視，遙遠的，不言不語的，彷彿聽見時間的脈動，拍打著我還未睡醒的腦袋。綠燈了，加入車流，如迢迢趕赴遠方的鮭魚。不禁奢侈地想，若非上班日，此刻的我，應該像一尾臥遊水草吃吃睡睡不知今夕何夕的魚啊！

我的工作地點在城市的邊陲，這地方既不時尚也不詩意，甚至有些陳舊，有一種因陋就簡的拼湊感。多的是終日閒坐，張著陳年眼神的寂寞老人，在時間空間上皆屬邊緣。大多數的居民，是白天往市中心奔波的上班族。二十年來，此區的面貌恆定，幾乎未見改變，估計在我離開之後，這地方才會翻新。

說起來沒什麼道理，但也不知道為什麼，只要我一搬家，原本人煙荒遠的地方便會繁榮起來。出國前，租屋台北城南水岸，一派綠波秧苗好山好水，放眼皆是寫生景點。隨著捷運開通，記憶地景消失，沿河長出新市鎮，建案一波一波地推出，餐廳一家一家蔓延開來，甚至引進大型百貨公司和跨國家具賣場。

這種情形，在美國讀書時也同樣發生。一個安靜到接近死寂的古城，在我返台的二十多年後舊地重遊，不知道什麼原因，人行道和分隔島美化，古蹟歌劇院復活，各國料理餐廳進駐，衣香鬢影，宛如觀光區。給我的視覺感受，就像張愛玲在〈重訪邊城〉寫的：「於不調和中別有一種柔豔憨厚的韻味」。

我從來沒想過，喜愛鬧市的我會居水湄，至山巔，日日穿梭南北，到這個曾經認為遠到不能再遠之地上班。這是年輕時經過的登山路徑，幾乎像是命定的玩笑，又像是人生的隱喻，彷彿為了讓我讀懂什麼訊息，不免使我想起是枝裕和電影《比海還深》中說的：「不是每個人，都能成為自己理想中的大人。」

然而，遲滯的山城也有喧騰的時候。那是每年櫻花盛開的春日時節，清冷的山徑，一下子熱鬧非常。往後山的櫻花隧道走去，不管抬頭或遠望，目光所到之處，除了櫻花還是櫻花。天空密織著層層疊疊的花朵，襯著縫隙中隱約的藍天，像是無限交錯的萬花筒。那是相機無法拍出來的無聲風景，也是上班日常裡難得的發光時刻。

面對櫻花滿開，總會忍不住想像櫻吹雪的絕美畫面。村上春樹在《村上朝日堂》寫過：「在櫻花樹下悠哉地走著時，卻從頭上嘩啦嘩啦地紛紛飄落像櫻花吹雪般的白色東西。心想到底是什麼？仔細一看，原來是毛毛蟲。數目達幾萬隻的毛毛蟲，像扭捻的地毯似的，在路上滿地打滾，在那上面還繼續不斷地紛紛飄落更多的毛毛蟲。」想起這段文字，足以終結關於櫻花樹下的所有浪漫想像。

轉眼，在這彷彿連空氣都凝固的老朽地區已來來回回二十多年。最終，我將離開這座以硫磺罩染的蒼莽大山，結束這段沾惹風霜又晃動眷戀的通勤歲月。也許到那時，這個被遺忘許久的時區，成排的危屋會改建成簇新的大樓，不再忽高忽低的騎樓將漫步著更多泡湯的遊客。這是一則預言，也是一種祝福。即使再邊境的山裡，也會有櫻花滿開的時候，遲了，但依舊綻放。

（人間福報副刊2022/1/28）

北投中心新村

5. 初夏的花香

清晨，恆常被庭院裡的鳥聲喚醒。透明的天氣，蒙了一股清香，那是陽台的梔子花，甜甜暖暖的，很有一點初夏的淡淡的溫柔。

俯瞰落地窗外，整條街包覆著相同的顏色與氣味，重複著每日的安穩與幸福，有一種永恆的意味。向對面公寓的頂樓加蓋望過去，繩上晾曬著床單和幾件細瑣的日常物事，鋪著綠磚的露台種著幾盆花草，一株指向天空的木瓜樹，閒閒地搧著綠葉。在無人的高處擁有一座城市裡少有的庭院，像是紅綠斑斕的鐵皮屋頂中一本憑空展開的立體繪本，小巧，細緻，靜好。

對視這太陽底下的街景，腦中浮現張愛玲〈封鎖〉的一段文字：「街上漸漸的也是安靜下來，並不是絕對的寂靜，但是人聲逐漸渺茫，像睡夢裏所聽到的蘆花枕頭裡的窸窣聲。這龐大的城市在陽光裏盹著了，重重的把頭擱在人們的肩上，口涎順著人們的衣服緩緩流下去，不能想像的巨大的重量壓住了每一個人。上海似乎從來沒有這麼靜過──大白天裏！」在瘟疫蔓延的此刻，疫情曲線圖，像浪，忽高忽低，就這樣起落著，沒有完，沒有完……一點一點切斷了時間，切斷了空間，切斷了生活。

困在屋子裡，坐在畫架前點壓刮擦，沉浮於色彩中。一筆一筆的撇捺取代了不安，安撫了隨疫情曲線而惶惶然的心。放下畫筆，將疲憊的雙眼望向遠山外的天，淡藍的天，泊著粉白的雲，密密層層堆擠著，像是一朵一朵開在空中的梔子花。風一吹，花香便悄悄的飄拂，無聲的、舒緩的擦過玻璃，掀開窗簾，微微地瀰散在空氣裡，好似點了一爐上好的薰香。救護車的鳴笛聲，遠遠近近，徘徊耳畔，像幻覺，又像疫情下悠長無邊的日子。

重新坐回畫架前，往復其間的畫筆，好似一隻忙著採蜜的蝶，款款漫舞。越移動，那畫面越有光影，越有色澤，彷彿吹過印象派的風，風裡含著一蓬一蓬的花香。想起雷諾瓦的「痛苦會過去，美會留下來。」那幾乎是一則預言了，讓人心裡靜靜的充滿希望，相信街頭的熱鬧終會回來，相信這世界只不過是打了個盹，做了一場冗長的，怔忡的，不易醒的夢。

黃昏時刻，樹椏裡喧囂的鳥聲已漸歇息，對面頂加露台上，小孩快樂的騎著單車，一圈又一圈，像無數個尋常的小日子。窄仄巷弄裡，一個一個小窗亮起燈火，悉數收納一日的鹹澀與甜蜜。無從辨識來處的炒菜香，覆蓋了圍繞整日的花香。而我始終知道，那些從窗口逸出的炊煙，那些從牆外飄來的香氣，是一頓晚餐，一場花開，如周夢蝶的詩：「有煙的地方就有火，有火的地方就有竈，有竈的地方就有牆」那是生活，是嵌入心裡的那一種素樸的，穩妥的，簡單的日常。像初夏的花香，風來的時候，隱隱的一點幸福。

（中華日報副刊・主編精選2021/6/15）

6. 不滅的光

清晨，睜開眼，陽光斜斜地切過牆壁，窗外充滿聲音，有鳥囀，有蟬鳴，形成一種抒情的音色，像是即興的音樂，使我萌生一種幸福感，心想：「我好像住在樂音樹下。」然而，這樣美好的一天，不能出門。

以往，假日早起的第一件事，就是到農夫市集買菜。上次，採買完畢正欲離去，某攤老闆叫住我，請我嘗嘗他滷的豆乾，推薦自種的無農藥小黃瓜，還有土雞蛋等等，並邀我掃農場的QR code，方便事先訂菜。

隔週，疫情便無預警地爆發了！從此，一週的食材便仰賴這位初識的農場老闆送達家門口。

吳明益《單車失竊記》裡，攝影師阿巴斯說：「每次我拍照結束，回到台灣，在機場的時候就會感覺到有一種奇怪的感覺，你因為自己毫髮無傷重返一個安全、可預期，槍管和瘟疫不會推翻宇宙時間表的世界而如釋重負，但又並不真的釋下重負。」疫情之下，既定行事曆已隨著宇宙時間表而改變。在家上班，並未如想像中愜意，但至少免去捷運通勤的風險，在那種極其不安的氣氛裡，病毒恍如塵埃，撒在每個角落，團團包圍每一個人。

長期待在家中，唯恐缺乏日照無法合成維生素D，便在十樓陽台擺上折疊桌，一面晒太陽一面吃早餐，像是在溫暖的陽光下，進行什麼有模有樣的儀式。在這樣閒適的剎那，讓人不禁心生錯覺，彷彿生活一如往昔，覺得自己好像三島由紀夫《鏡子之家》裡的阿收：「總像在嚼口香糖般，獨自嚼著自製的『愜意的不安』。」即使眼前無人，也不確定剛才是否有無症狀感染打了個噴嚏，病毒還懸浮在空氣中，如同這種不安。

這個月以來，街頭不見人影，世界處於一種斷片般的空白狀態，停止，寂靜，宛如虛構。乖乖窩在家裡，陽台是我與世界最近的距離，窗邊一棵梔子花，濃厚綠意載滿白色的花朵，日夜布施著令人愉悅的花香。

從陽台眺望對面公寓頂樓加蓋的低矮小屋，向外延伸的露台，就像展閱生活畫卷，也像觀看一部記錄日常的動畫。我意外地發現，對面的這家人熱愛戶外，簡直到了晴雨無阻的地步，時而大雨中撐傘靜坐，時而太陽下戴口罩慢跑。

我也有我的晴雨無阻，疫情初起，日日對著一樹花香讀誦《藥師經》：「災難起時，所謂人眾疾疫難，他國侵逼難，自界叛逆難……」世界如一列長長的捷運，正以嚴重打嗝般的方式停車，身為旅客的我們，只能耐心等候。就像電影《莫內和他的朋友們》雪中送炭的巴吉爾對莫內說的話：「世事總不盡如意，而且往往我們處於劣勢，但這似乎不能阻止我們逐夢，儘管夢想難以實現。」和生命相比，種種不確定，種種不順遂，不過是擦傷。

無法出門的日子，每日重複著三餐煮食。

為了避免斷糧斷炊，冰箱隨時備齊各種的食材，那是一種安心的保證。但獨缺水果，好心的農場老闆特別幫我代訂，他說因為我介紹很多朋友跟他買菜。可是，距農場食材補給日還有二天，水果便已吃盡，只好以番茄代替水果。就在此時，畢業多年的學生寄來一箱芒果，拆開紙箱聞到果香的那一刻，我的腦海不自覺地浮現《藥師經》中的：「隨所樂求，一切皆遂。求長壽，得長壽；求富饒，得富饒……」望著滿滿的冰箱，心中湧現一種難以言喻的富饒。

以往，星期五晚餐是外食時間，疫情之下改成在家裡吃，先生最喜歡清粥小菜。

「花瓜還有嗎？」他問。

「見底了。你不是說要訂粽子？」我說。

「後來沒訂了，現在物流全部塞車。」

隔天一早，農場老闆送菜來，遠遠見到我便說：「端午節到了，這幾顆粽子送你吃。還有我自己做的醬瓜，很好吃喔！」這真使我感到萬分驚訝，霎時想起《藥師經》裡：「諸有願求，悉令滿足」，與其說是巧合，更像是一種見證。

有一天，當世界恢復正常，當生活再度回來，每天照樣搭乘擁擠的捷運上班，照樣提著菜籃上市場……我會記得這段封閉的日子裡，那巨大暗影中引人穩步向前的不滅的光，如此安心，如此充滿希望。

（人間福報副刊2021/6/22）

2018.

7. 無可名狀的日子

有這樣一種日子，這樣一種空白，每個地方都不能去，每個人都無法見，每件事都暫緩擱置，像是陷入人生中一個無從閃避的裂縫。這樣的日子，宛如一段很長很長的刪節號，未完，未知，無法翻頁，只能萬般不得已的靜候下回待續。

平日，一人分飾多角，於職場和家庭之間無止盡地來回折返，從來只覺得時間不夠用。而如今，生活空間限縮在家中，時而在客廳踱來踱去，時而在陽台上打轉，像一隻無所事事的家貓。最常維持的姿勢是歪倒在床上看書，或是不安地坐在窗前，看著因疫情而失去模樣的風景，不確定自己生活在什麼樣的世界。

蝸居的日子，廚房成了一個殺時間的魔法場所。以往慣用的滾刀切塊，不自覺地改成切片，切絲，切末，越是曠日費時的料理，越能排遣現下過剩的精力與時間。一日三餐，炒鍋霹靂啪啦的爆香，電鍋咕嚕咕嚕地蒸騰，水龍頭無止盡的洗刷，綿綿不絕地像在訴說一則關於這段荒謬日子的注解。

打掃，讓人面對困境，也順道盤點自己走過的歷史。從陽台到屋裡，每個角落，每一吋地方慢慢地打掃。慢慢地從記憶的斷層裡浮現發黃的手寫通訊錄，不知哪部報廢機車的備用鑰匙，受潮而表皮剝落的過膝靴，一點都不記得存了什麼的光碟片，多年未下水已皺成一團的泳衣，一件又一件馬拉松的紀念服，彷彿還殘留著那年冬天的雪花的羽絨衣，還有躲在衣櫃上沉默的行李箱，一臉灰，像是早已忘記陪我一起走天涯的承諾。

上個月，原本想到花市為陽台填充綠意，疫情一起，只能日日與空盆對望，看著鴿子在盆緣練習走台步。天氣漸漸炎熱，窗邊越發需要植物遮擋，視線突然落在邊桌上向來視而不見的黃金葛。它們日益抽長，和陽台僅存的多肉植物一樣，呈現一種野放的姿態。遂拿出剪刀，剪下二段植入土裡，祝福它們如葉慈的詩：「使綠葉再次長出來，向四面八方鋪開，從花蕾撒下一片落英成為花園的驕傲。」餘枝插回水瓶中，彷彿什麼都未曾發生，一切只有鴿子知道。

這樣深深被疫情框住的生活，散發著一種凝滯的氣味。它表面上看起來從生活中逃脫，卻又蘊含了深入生活內裡的細節，它彷彿中斷了一切，卻又有著種種的可能。生活是這樣，總是往未來拋擲，總是面向無邊的遠方，總是在夢想的天空飛翔，但是忘記光陰在流失，忘記傾聽生命的回音，忘記在時空的迴路裡應該穩穩接住的到底是什麼。

蝸居的歲月，活在異於往常的緩慢裡，不出門，失去了時間感，無從判斷今夕何夕。面對這段巨大的空缺，突然有一種亂世失所的心情，是辛波絲卡的詩：「我跑下門階進入一座寧靜，無主，已然時代錯誤的山谷。」這也許不是一個美好的時代，但諸般曲折，走遠了就好。即使生活不再牢固，即使未來渺不可知，也不會沒有一些靜靜的希望。我想，直至齒牙動搖，我依舊會記得這段無可名狀的日子。

（人間福報副刊2021/8/2）

HYDRANGE
hyd gea
Lily 14

8. 夏日的飛翔

穴居的日子，世界像是一台脫鏈的腳踏車，空轉著，但不前進。我所熟悉的那個高速運轉的世界，正進入非預期的怠速狀態。除了樹上輕跳的小鳥和路上閒步的貓狗依舊維持著動態的模式之外，日常街道恍若無人的布景。躲在屋裡的人類，像是面臨石化的困境，隨著逐漸傾斜的世界淪於沉重，無人倖免。

即使日常生活作息依舊，我意識到有一部分的自己已經在封閉的日子裡，呈現一種萎縮的姿態。為了不讓自己太快淪為礦物，遂找出蹲踞屋角多時的啞鈴，用盡力氣來回伸舉，任汗水滴落，宛如勞役場裡默默履行刑罰的犯人。如果這段隔絕的日子是命定的穴居生活，接受它，把它當成時代共有的處境，負重前行，彼處，理當有一個柳暗花明的出口。

卡爾維諾在《給下一輪太平盛世的備忘錄》中，提到「輕、快、準、顯、繁」五種不可或缺的文學價值，對照如今禁錮於水泥盒子的生活空間，我便覺得該像班雅明筆下的漫遊者，進入一個能使自己輕快飛行的旅程。以迴異的視角，反向的方式，來看待這個不輕不快不準不顯不繁的變種世界。

閱讀，是一個不拘時空即刻啟程的飛行器，可以輕易地從日常之中快速脫逸，憑空多出一段穿梭迴旋的飛翔時光。打開書頁，猶如張開雙翼，任何牆柱皆無從阻擋，亦無須罣礙病毒的惘惘威脅。書桌床沿，總有一些買了好久始終沒看的書，一些只看一半還夾著筆的小說，一些頁角摺滿狗耳朵的散文，幾本畫滿鉛筆線的詩集。它們有點漫漶，有點毛邊，始終不離不棄地演繹歲月，註解人生，有著感知人性冷暖的透明質地，是水銀溫度計的那種。

在這個否定句與肯定句逆接的時刻，有一種寂寞，也有一種美好。向來敬天信神但未深入經藏的我，宛如登至山頂的瞭望亭，在停頓喘息的時刻，意外接收一把開啟佛經智慧的鑰匙。每日讀誦佛經的時候，我並不急著唸完，而是刻意放慢語速，思索字句，將文字敘述融入理解之中，不錯失任何喻示的話語。那就像在混沌不可解的世界裡投入一顆明礬，一日又一日地吸附雜質，沉澱核心，雙眼遂如清水般澄淨，映照出通透明亮的世界。

在家上班，省下的通勤時間如同疫苗殘劑一般珍貴，我因此得以從容地料理飲食大事，活出閉關日子的節奏。日日夜夜與家人在同一個屋簷下打轉，像極了彼此的影子。早已成年的小孩，意外給足完完整整的陪伴，彷彿回到細密包圍守護的襁褓期。這種家常的調子，有一種淡淡的甜美的感覺，是過去各自天涯各自忙碌早已習慣以視訊代替擁抱的我們，想也想不到的久違的幸福。

所有的斷裂與脫離，所有的慌張與困頓，所有的重複與低盪，在未來的某一天終將失去意義，如同點燃一盤香，燒得再慢總有燒盡的時候。到那時，爬出洞穴的我，在街市聲的流動中，回望這段夏日午後從陽台俯看高樓窄巷被安靜填滿的日子，想想，也覺得緩慢，平實，靜好。

（人間福報副刊2022/3/8）

9.大樹絮語

巷底的大榕樹看起來十分永恆，總是撐著綠色的大傘，有一種抵擋歲月的牢靠安穩。躲在樹下，躲著陽光，也躲著時光。

我始終覺得榕樹細長的氣根，像極了在太陽下曝曬的麵線，是雞絲麵的那種。社區前的這棵老榕樹，即使定期修成光禿禿的窘樣，不多時，便又伸枝長葉，戴回那頂厚厚的樹冠，蔽蔭直徑幾乎等同小圓環。

這棵老榕不因住在深巷盡頭而寂寞，涼快的樹蔭下不時有小童出沒，野貓野狗逡巡，還有麻雀顧盼跳躍，呼朋引伴大啖樹上掉落的隱花果。若將這畫面定格，幾乎就是水墨畫中不可或缺的點景了。穿過葉隙的樹影，彷彿小孩吹落滿地的泡泡，圈圈點點，重疊成一張褪色的童年地圖。

我時常這麼想，身為一棵榕樹，耳根想必很難清淨。天未明，雞窩頭般的樹葉裡，各種鳥族爭相獨唱、重唱與合唱。天才亮，一群怕曬又在意身材的婆媽們，來到大樹下聞樂起舞。正午，收容一群不愛午睡的嬉鬧小孩。日落時分，傾聽等待晚餐上桌的老人們絮叨閒話。榕樹下，就像社區隱形的生活網絡，終日流動著鄰里的喜怒哀樂。直到夕陽一點一點隱沒，日影逐漸變淡，空氣中飯菜的氣味漸濃，榕樹的一天才感覺有些古典。

榕樹，每日路過，又彷彿陌生，那麼無法忽視的存在，卻僅止於成為我遠觀描繪的對象。它的樹皮宜皴擦，樹幹宜分塊面，繁密的樹叢宜表現明暗。粗壯的樹幹經常佔據畫紙前景的位置。有時，我也在畫面後方種上幾棵樹，讓隱約的綠意成為一道遙遠的背景。

或許是中年才搬來此地，這樹下沒有鑲嵌我的童年圖景，使得我與老榕並不親。那一顆顆樹瘤，像是睜著冷眼靜靜打量我，又像暗藏什麼竊聽秘密的裝置，有點深沉，有些魔幻。偶爾，我也有走向它的時候，民間流傳榕葉可避邪，上醫院探病或弔唁之前，摘幾片榕葉放入紅包塞進口袋，據說可使邪靈不侵。關於這種舉手之勞的庇護傳說，我從不介意相信。

世人貪享榕樹的涼蔭，然而，茂盛的榕葉易吞噬陽光，使周邊建築陷入不見光的陰暗，必得反覆修剪，不免想起《舊唐書．魏徵傳》那句「禍福相倚，吉凶同域」。除了可視的逼近，莫之能禦的從來都是暗處看不見的什麼。榕樹根，有著無限擴張的侵略性，像是藏匿地底的冷酷巨龍，所經之處，即使水泥地面亦不敵侵逼而拱起龜裂，使我不能不想起很久很久以前《異形》這部電影。

倘若榕樹長在圍牆邊，年歲日久，樹根吸附壁面，蜘蛛網也似，最終柱倒牆塌亦不足怪。不知為何，這景象彷彿銅版畫一般，深深地蝕刻在我的心版。以至於後來只要提到海明威的冰山理論，我的腦海總會透視出一幅榕樹根在地底盤錯的畫面。

到陽台澆花，眼光總會不自覺地停在老榕樹頂上那一朵朵綠雲，像是身陷水泥叢林的我，借景大自然，感受到一絲土地的連結。那兀自在風中款擺的大榕樹，彷彿童年記憶裡操場邊的那棵大樹，像一個安靜的老友，輕輕翻閱黑白照片裡的童顏往事，我因此想起夐虹的〈記得〉：

「關切是問
而有時
關切
是

不問

倘若一無消息

如沉船後靜靜的

海面，其實也是

靜靜的記得」

（中華日報副刊2022/2/23）

10. 秋天的河岸

清晨，跑過一棵棵老樹，跑過地上點點日影，那是陽光與樹葉暈染的水墨畫。堤岸蔓生的藤，綠霧般隔開咫尺之外的市聲，以溫柔的姿態，在風中寫下秋天的留言。

白茫茫的蘆葦淹沒河岸，如風景的毛邊，如秋天的海浪。河渠揉雜著一股介於花和草之間的野氣，垂釣者默坐傘下，靜候魚群的來去。兩三隻蜻蜓輕倩地掠過，把秋天的動態寫在水上。不同音高的鳥鳴，無從分辨來歷，整條河都是回聲，像穿越聲音河流的語言。賞鳥的人，相機對準層層葉隙在綠光下癡心守候，在我眼中，他們和垂釣者皆屬擅於等待的人。

繞過河，橋上薩克斯風悠悠蕩蕩，近乎古典，召喚出摺疊在歲月口袋裡發黃的心事，猶如以明礬水寫就的詩，刷上時間的墨色，隱隱浮現。遠望路中央有一個小東西，靜物一般，跑近才知是貓。瞇細了眼烘曬暖陽的表情，像是在對我說：「跑什麼？這樣躺著不是很好？」

長長的上坡路，前方跑者的背影已沒入風景，只餘我一人與傾斜對抗。跑步和畫畫都以寂寞為基調，是一件最接近自己的事。我喜歡這樣的孤獨，一步一步挪移，一筆一筆重複，重複著重複使人感覺到接近完成的幸福。

轉彎，河離我越來越遠，高架道路從頭頂上經過，流水聲和樹香被車輪聲和煙塵取代。車流像洄游的魚群，我看見生活在另一條河裡奔波。堤岸刷上白漆的牆，噴滿塗鴉，纏繞的英文字母如同一則則的謎。那些無人能解的什麼，像找不到出口的迷宮，像吶喊的火焰，使我想起美國塗鴉藝術家凱斯·哈林的話：「藝術應該解放你的靈魂，觸發你的想像並激勵人們向前走。」

沿著掩蔽牆影不停地跑，抵達河邊棒球場，折返。秋陽的溫度，剛剛好，照著中年的我，照著落葉堆積的下坡路。滿地生赭、熟褐、岱赭、焦茶的葉片乘風旋舞，從容飄落，彷彿散發著秋天的香氣。迎面，外籍看護推著輪椅，枯瘦的老人眼神遙遙望向不可知的盡頭。他是否也曾在一樣的清晨，一樣的河岸，一個人跑過秋天？不禁想起村上春樹說的：「對自己每天能靠兩腳健康地跑步，總是心懷感激。」那像是一種提醒，我不知不覺努力跑起來，好似確認著雙足踩地的力量。

太陽的光度慢慢擴散，變亮。繡金的草地，露水已蒸散。練氣功的老人、跳廣場舞的大媽、打網球的大叔，俱皆散去，他們是為了清晨而存在的。此刻，河岸安靜得像是無人的荒原，彷若誰都不曾來過。只剩籃框孤單立在打烊的球場，像被遺忘的紀念品，在時光之河中慢慢變舊，鏽蝕，歪斜。

河繼續趕路，風繼續吹，雲繼續追。跑過青春大霧，跑至微涼中年，盛夏已遠，我沿著無有盡頭的河岸，跑不完的跑著，聽秋風穿越，像要追回風裡的什麼。那是卡爾維諾的「慢慢地趕快」，一如秋日的雲，始終是天空裡的動詞，飄飛徐行，因移動而幸福。

（中華日報副刊2021/8/31）

11. 重訓人生

健身房老早貼出淋浴間本日維修的公告，只是走入更衣室時仍嚇一大跳。裡裡外外的置物櫃看不見任何鎖頭，平日在吹風機聲中嘰嘰喳喳的婆媽們全數消失，偌大的空間填滿前所未有的安靜，直如空城。讓人不免懷疑，傳說中加入運動俱樂部只為了泡澡的傳言，莫非是真的？

那真像以前的我。從前，只在偶爾的偶爾上健身房，頂多站上跑步機，時而望著窗外校園的椰子樹隨風擺盪，時而看著儀表的公里卡路里數字，無聊著，不耐煩著。只要聽見自己的心發出稍短促的音節，便至淋浴間泡澡，彷彿運動只是附屬。

最近我做了一件有點荷包失血的事：報名健身房的一對一重訓課程。不為減脂，而是為了增肌，力圖不被人體必然的退化現象過早逼入洞穴。對於無有運動習慣、報名繳費總是缺課、運動稍累即自行喊停的我來說，這其實是肉身覺醒的最後一帖藥，希望花大錢的心痛感能讓我養成運動習慣。我暗想著，或許可以透過Line的約課貫徹每週三次的規律健身。或許有個教練一對一保姆也似地盯著，我就不會再輕易地放過自己，能夠確實完成每項訓練，用汗水挽留隨歲月流失的肌肉。

在健身房七彩小燈如河流閃動的冷氣空間裡，有肌肉精實一待就是一天的年輕人，看起來就像是一張輕快俐落的水彩。有腰間溢肉揮汗踩踏的上班族，厚重如一幅層層堆疊的油畫。像我這樣退休年紀的中年人並不算老，這裡多的是手持保溫杯的銀髮族，灰白的頭髮好似一抹炭色不均的素描。已完成種種人生託付的他們，似乎正為了不讓自己的未來成為子女的負擔而勉力重訓著。最年輕與最老，都在這裡，充滿一種組合感。吃喝，吃喝，運動，運動，這些人或因塑身或因健康或因打發時間，努力燃脂增肌然後再吃回來，日日墜入另一次循環，形成一種代謝平衡的生活模式。

我對龐然冰冷的重訓器材一直有著莫名的恐懼，總覺得那不是我能駕馭之物，總擔心會因使用不當而受傷。對於老關節老韌帶而言，稍有不慎即易造成不可逆的傷，恐怕未來在天氣變化之前，身體多了內建的氣象預報台。

重量訓練的機臺種類繁多，無論練手練腿練胸練腹練背肌，全身每一塊肌肉幾乎都可找到對應的訓練器材。除了使用機具之外，平日也搭配一些負重肌力訓練。例如仰臥起坐時手持五公斤的槓片，那是一片可握的鐵塊，貌似兒童汽車方向盤。四足跪姿抬後腿時，背上加放二公斤的槓片，方知當一隻任重道遠的駱駝原來是這種感覺。有時雙手各握五公斤的啞鈴走弓箭步，有時手提十二公斤的壺鈴深蹲數十下，有時雙手橫舉一根火箭筒似的VIPR。這架式讓我想起韓劇《舉重妖精》，只是我手中的VIPR是橡膠做的，僅僅是四公斤重的入門款。

練習的空檔，教練提醒我平日生活裡同一個姿勢不能維持超過三十分鐘，久坐久站久躺皆不宜，使得慣常擁被看書終日的我，心生警惕。教練又說，把肌肉練硬等於隨時戴著護腰。我忽然明白了，是啊，這樣我就不會彎腰稍有不慎就犯下背痛。於是，熱血沸騰起來，重訓器材從做十二下變成二十下。不禁在心裡激勵自己，雙子O型認真起來就是這樣。

某次做TRX，那是像秋千般懸垂著繩子的器材，或抓或吊，時而深蹲時而棒式。隔天爬山，腿不痠也不痛，讓我有一種自己是練武奇才的錯覺。直到後來，雙手各拿二公斤槓片，弓箭步交互膝蓋跪地，連續做完九十六下，終於有了差點往生的感覺。不禁想，從前的老師罰交互蹲跳，難道是一種重訓？

重訓完最快樂的事就是犒賞腸胃，公館一帶有極為多樣的庶民小吃，即使在便利商店也很容易找到「蛋白質+碳水化合物」的增肌組合。十幾堂重訓課下來，仍屬教練口中的幼幼班，痠痛也是有的，喘累也是有的，我依然貫徹意志，樂此不疲。

重訓吸引我之處，在於每次學的器材都不同，恰恰滿足了我對未知事物的好奇。深知老化之不可逆，諸般努力只能延緩衰老的姿態，我仍在每一次筋力耗盡咬牙苦撐的瞬間，暗暗想像體內的肌肉正緩慢地長出它的紋理，幻想代謝率的曲線正以肉眼難辨的速度吃力爬升。這是我給自己的身體功課，即使中年萬般不可能，我仍看見洞穴盡頭一絲隱現的微光。

（人間福報副刊2021/10/19）

HYDR
AN
GE
A

12. 終章序曲

最初，攜帶生活的重量，說服自己將安全感定錨於工作。在各種重複又重複之中，宛如薛西弗斯。一晃眼，三十年倏地流逝，初始的追尋，隱匿一旁。

職場就像一本慢慢發黃的冊頁，畫著從前遙遠而美好的風景，終究有畫完的一天，正如再動人的戲也要告一個段落。近日，心頭擁擠著去留的猶豫，有個聲音響起：「是時候了！」我決定將過往交還給歲月，開始思索人生的走向，模擬登出之後的這些與那些。心中不時浮現《關於羅丹——日記擇抄》的那句話：「但是我走向哪裡？我走得出去麼？」彷彿一個行至草原邊緣的牧羊人，岔路躲藏霧中，遠方茫然於時間之外。

想像中，跨越生涯的換日線是一種釋放，一種重整。心情似火車出洞，風景發光著，草木叩問著，眼睛在山谷間搜尋著猶可白描的什麼。設想卸下披掛身上的角色與價值，回到自己，回到一無所有，能像十六世紀法國作家蒙田那般：「保留一個完全屬於自己的自由空間，猶如店鋪的後間，建立起真正的自由，和最最重要的隱逸和清靜。」

我認真預習起退休生活，成了吃東西前會先確認成份標示，心算熱量額度的人。不久，美食所餵養出的脂肪終於蒸發。而後，開啟前所未有的重訓模式，目標並非像三島由紀夫《金閣寺》小僧人眼中的「年輕下士官們幾乎將金鈕扣彈飛的健壯胸脯」，只想挽留逐年流失的肌肉，期待日漸精實的肌群，分擔長年擠壓已如變形骨牌的脊椎之辛勞。

在退休金突然短縮，開源已失心力，享壽年歲又無法預知的諸般尷尬下，未來是一種隱隱的飄搖。清簡度日似乎是必要之修煉，想起《兒女英雄傳》的：「須先生出個方兒，把這幾樁事，撙節得長遠些，享用著安穩些便好。」所幸，清淡飲食已成日常，輟宴飲無須動用意志即可貫徹。每週例行的重訓已取代慣常的閒晃，戒血拼亦不難。

少了團體歸屬，閒閒度日或恐導致生活欠規律。猶記年輕時，每在咖啡館見到西裝領帶的白髮紳士，優閒翻報吃早餐。從前以為那是管理階層的生活餘裕，現在明白，那應是退休族維持作息的一種啟動儀式。就像法國哲學家馬塞爾所說的「依照社會的功能性和時間表來辨識自己」的那一種人，懷著依戀與不安，將生活節奏滯留於世間脈動。

然而，我不是一個享受規律、堅持著一種姿勢的人，總是好奇，總是求變。儘管用一道書牆隔絕外界喧鬧，在書頁的擁抱，文字的撫觸，畫筆的梳理之下，或許仍不免東張西望。無法預想自己是否會像過早綢繆退休的蒙田一樣，歷經十年心靈探索仍未衰老，終又打開生命這本大書，涉入世間，行走他方，正如楊牧〈行路難〉的句子：「在夢裡把自己搖醒，追求另外一場搖不醒的夢」。

許多青春已走遠，許多可能已擱淺。在視茫髮蒼的此刻，循著時間的虛線回溯，那初始的追尋竟如缺頁的夢想，無從想起，成了記憶經緯度上模糊的存在。忽然懂了電影《莫內和他的朋友們》竇加和馬內的對話：「年輕時的我們把靈感鎖在櫃子裡，老了才發現，鑰匙已丟失。」

然不復尋又如何？停一下腳步，繞一段遠路，經過生活的間歇浮世的轉化，揚鞭一起，或許會在歲月的煙塵中，看見一個未知的自己，一如初生。

（中華日報副刊2021/8/17）

13. 歸零時刻

氣溫驟降，星期五下班不急匆匆回家，就近尋一處溫泉行館入住，洗去一週奔波的塵霜。過夜的好處是，隔日成為大眾湯第一個入場的人。清晨，各種不同溫度的青磺和白磺，依舊如昨天一樣氤氳著水氣。不同的是，少了談笑的人聲，內外穿透的空間遂有了禪意流動，如返仙境。

滑入43度的室內池，全身泡熱，旋即迎著初冬的山風，走向戶外池。泡在水波鼓動的按摩池裡，逆光的大樹，枝幹上住著鳥巢也似的山蘇，長且寬的葉半空晃動，如綠色的波浪。點點鮮翠的地衣附生在樹皮上，像是悄悄地向我透露檢測合格的空氣品質。

篩過枝椏的朝陽，一筆一畫投影在淨白的牆面上，正是林逋「疏影橫斜水清淺」的詩句註解。如此詩意的瞬間，我沒來由的想起在北海道雪中泡湯忽地白頭的畫面，想起至熊本黑川零下的野溪溫泉，想起到別府竹瓦宛如活埋般暖烘烘的砂浴……心情也隨之去了遠方，乍寒的冬日頓時少了一點蕭瑟與荒涼，添了一絲情味和暖意。

烙入空氣中的硫磺，有一種浪遊的況味，浮上心頭的是鄭愁予〈除夕〉中的那句「這時，我愛寫一些往事了」，逐步完成人生清單的中年此刻，擁擠的心終於騰出空間回想從前。於是有了倒吃甘蔗的甜蜜，於是有了千山萬水行遍的快意，所謂人生，便成了一首柴可夫斯基的《如歌的行板》，豐美又抒情。

湯屋裡繚繞的輕煙，彷彿將所有的昨日蒸騰成一幅液態的水墨畫，在一種迷濛的主調中，朦朧映現每個人的似水年華。北投，是我奔赴二十年的工作地，大屯山是我的聖維克多山，日日互望。

恆常存在的校園，穿梭著一批又一批的學生，如潮汐，如流水，如雲霧。如今想來，教書的工作其實近似農夫，一期期的作物，播種、施肥、除草、收成、休耕，循環不止。一次次的中場休息，最終迎來歸零的時刻，從以前就不斷想像的句點時刻。

同事告訴我，退休後最常夢見抱著考卷找不到教室。也曾聽退休員警說，半夜經常驚醒彈起，卻找不著槍。我想，退休後嚇醒我的夢境，應該是因路途迢遙而沒趕上監考，雖然這樣的情節從未發生過。若有一帖專治退休症候群的忘魂湯，一碗飲盡，過往負載的擔憂全數刪除，記憶還原成一面如無痕掛鉤親吻過的白牆，那是最完美的了，就像泰戈爾所寫：「天空沒有留下鳥的痕跡，但我已飛過。」

代謝交替是人間之必然，走過的地圖終會被時光抹除。然而，總有一些很小很美的事，靜靜沉入心底，在偶然觸動時，微笑想起。這樣的時刻，我想起辛笛那首遙遠的詩：

「流浪二十年我回來了
挺起胸來走在大街上
我高興地與每一個公民分取陽光想和他們握手」

溫泉反覆燙過一回又一回，一夜的暫留，帶著即興色彩，不是生活的常調，那也是一種活著。浸在流淌快樂的溫泉裡，無論有多無常的過去或有多無著的未來，那樣徹底放鬆的簡單幸福，就足以收藏懷裡的溫暖，度過寒冬盡處的歸零時刻，白茫茫，如裊裊的湯煙。

（中華日報副刊2022/1/19）

2018. 12. 6.

14. 山中日月

上班途中，沿著磺港溪，穿越慣常走的那座橋，湍流的溪水是溫暖的。陽光走筆飛白落在樹梢，穿透綠葉灑下一地細碎的形狀。鳥兒無聲振翅，掠過眼前這幅寧靜的畫卷。北投，有著城市邊境特有的悠緩步調，時間在山徑裡走慢了，這裡的一天，好長。

從岔路騎入一條曲折小巷，好似回到記憶的轉彎處，兩側連棟的透天厝保留了舊時代的面貌，使我幾乎要以為這是南部的老家，幾乎是。大小花盆擠挨著花草點綴大門一角，闃無人聲，彷彿走到世界的盡頭。

猶記得初來此地的第一天，像是領受命定的旨意，從此找到行走江湖的棲身處。在各種無以名之的人情世故中，逐漸釐清這個世界的內在邏輯與運作模式，慢慢對應出面向世事妥切的模樣。接下來的生活，不斷循環，大量複製，如一首一再一再重複的詩。

然後，二十年的青春就過去了。

漫長的光陰，腦海疊映越來越多的青春臉龐。在永遠年輕的校園中，那些以三年為單位所留下的時間片段，足夠被託付許多快樂與憂傷。望著球場上十七歲的他們，奮力衝撞，風裡飄著汗水與嘶喊，那是人間的少年氣象，是誰也無法重來的青春。無從憶起十七歲時的我在想些什麼，但我記得十七歲時曾經全力以赴的這些與那些，以美為名，以愛為名。

在恆常緊迫的教學節奏下，短暫的空堂是一日之中難得的發光時刻。午後的陽光陪我一起坐在窗前，山仍在那裡，日曬的角度，褪色的窗簾，硫磺的氣味，每一個脈絡每一處紋理都是我所熟悉的。舉杯，與相看二十年的大山對飲，彷彿入口的是酒，彷彿掀開回憶的岩層，諸般心情，甚至一些別的，大山都懂。

時間已躡足走過，在職場生涯默默進入倒數的此刻，記起簡媜《夢遊書》寫過的：「人生的情境有時也這樣，自以為算準一條最安適的路上山築屋狩獵，年深月久，鈍了刀，朽了箭，只剩一階子枯葉隨風而逝；還不如隨時準備肉搏的莽夫，命不掛在腰身，往深山更深的獸穴去，馴或被馴，不過是一趟人生裏不同的結語，求一種粉碎於自己所抉擇的意義內之痛快。」上山的路，總是爬坡，總是傾斜，一次次真心真意的往赴，一次次更靠近期待中的抵達。行過青春的道路，快意有時，失落有時，所有的跋涉與追求，或有憾，但無浪。

遠遠的觀音山，溫柔的夕陽隔著平原，隔著河，像一日之沉澱，彷彿能聽見時間的回音穿過暮色的顏彩。美好的黃昏，不知不覺看了二十年，時光在地平線接近記憶的那端，不斷變形，最初的心情已如流失的情節，難以讀取。而今，我不再年輕，心卻輕了。此時此地，站在下一條街口回頭張望，開始有了覺悟，所有的事都是過去的事，所有的發生遲早都會結束。最後，終究會走到熄燈，落鎖，將所有交還給歲月，反身離去的那一天。

長久以來許許多多的發生，只是為了成為此刻的自己，有一部分的我隱形在時光的纖維裡，有一部分的我停留在原地，像遺失的行李。歸來的路徑，已經尋不到來時的足印了。

不多細想往後自己人生的下落，不見得要端起涼去的一杯茶，也不確定是否會留下更永恆的什麼。只知道來日，今日，尋常的每一日，皆當珍惜。倘若到最後，一切都是一樣的，也是青春的延續。那些從容還原為生活的沉靜的一切，溫暖的一切，朦朧的一切，何嘗不是一首詩的完成。

（中華日報副刊2021/11/19）

後記

一晃眼，來到了第五本書。從來沒想過這一本會以如此樣貌呈現，如同我從來沒想過瘟疫的迸發會驀地改變了整個世界，也造成我寫作的轉折。出不了國門，驛馬星停止移動，以往繪寫世界的旅行畫記，頓時失去可能。

巢居的日子，常常站在十樓陽台，望著腳下不再流動的城市，以迥異於往常的視野，俯瞰過去曾經自在穿梭的世界，腦海浮現艾倫．萊特曼《愛因斯坦的夢》所寫：「在這個世界，時間的質地剛巧是黏的。每個城總有些地區卡在歷史洪流中的某個時刻而出不來。所以，個人也一樣，卡在他們生命的某一點上，而不得自由。」

穴居在家，日子反覆而悠長，像唱盤上一首不斷跳針的歌，日日看書寫作，寫作看書。想著，寫著，漸漸地，逝去之事，遠遠地向我走來，不知不覺寫出一篇又一篇的散文。這些兜攏在一起的篇章，一部分是成長回溯，一部分是生活感知，時間的向度含括五十年的光陰，空間自台灣南部綿亙至美國洛杉磯，時而歲月靜好，時而山風海雨，想想，竟有點回憶錄的意思了。

今年，是我結束近三十年職場生涯的時刻。我彷彿是一只無懼天寬地闊的風箏，在舞盡天涯的中年，收線、拖曳、歸返。但知有一絲什麼依舊牽動著飛翔的軌跡，或許往後的時光因而有了其它的意義，風吹水流，現在的我還看不清，也說不明白。

這本書集結近年來發表於報紙副刊的五十多篇散文，此書的完成，要感謝華副主編的鼓勵與督促，也感謝聯副主編的提點和人間福報副刊主編的肯定。特別謝謝散文名家徐國能教授為此書作序，還要謝謝北一女林月貞、徐千惠老師堅定的支持和校對上的協助。謝謝我的家人總是當我的忠實讀者，特別是女兒筱晴為本書的〈煙火港灣〉和〈也是露營〉配上她的油畫處女作。最後，謝謝我的朋友和讀者，有你們真好。

蔡莉莉創作年表

蔡莉莉創作年表

1981	台南縣國語文競賽國中組作文第一名、考取台南女中 作文榜首
1986	台北市立師專美展水墨第一名、學業成績第一名獎學金、當選市師青年代表
1990	師大美術系展水彩第二名、學業成績第一名獎學金 入選南瀛美展
1993	美國加州州立大學洛杉磯分校 學業成績第一名獎學金 美國加州州立大學洛杉磯分校 助教
1994	美國加州州立大學洛杉磯分校 美術榮譽獎章 第1次油畫個展「三度空間繪畫」（美國加州洛杉磯華僑文教中心） 專訪報導《世界日報 美洲版》、《自由時報 南加版》、《僑報 南加版》 畫家專訪（學者電視台）
1995	第2次油畫個展「碩士畢業個展」（美國加州州立大學洛杉磯分校畫廊）
1996	第3次油畫個展「天地紀事——朽木系列」（福華沙龍） 碩士論文〈美索不達米亞圓筒印章演變之電腦分析及比較〉 發表〈站在歐美與拉美的分界面~波特羅〉《雄獅美術》第306期 復興商工美工科專任教師 台北縣學生美展評審委員
1997	第4次油畫個展「孕育系列」（台北美國文化中心） 入選台北市美展（台北獎 台北市立美術館）

	美洲亞洲藝術家聯展（美國加州帕沙迪那市）
	台北西畫女畫家畫會聯展（台北市立美術館）
	中青六人展（高雄名展藝術空間）
	作品收編《北美華裔畫家名人錄》、《中華民國美術家名鑑》、《台灣美術年鑑》、《台灣（當代）女性藝術史》
1998	第5次油畫個展「反覆與變奏」（福華沙龍）
	台北市教師美展（台北市立美術館）
	台北市立復興高中美術班專任教師
1999	第6次油畫個展「形質・意象」（國際畫廊）
	台北國際藝術博覽會（世貿中心）
	個展報導《CANS藝術新聞》No.28
2000	台北國際藝術節（紐約・紐約中心）
	跨世紀油畫學會聯展（新店市立圖書館）
	專訪報導〈畫布上溫柔的訴說〉《AI》雜誌No.4
2001	第7次油畫個展「遠方的歌——我在布拉格想念希臘的藍天」（福華沙龍）
	台北西畫女畫家畫會 理事
2002	油畫四人展（福華沙龍）
	畫展報導《CANS藝術新聞》No.58
2003	專訪報導《雅砌雜誌》No.164
2004	新店市百位藝術家大展（新店市立圖書館）

2005

專訪報導〈在每一個角落揮灑創意〉《民生報》
專訪報導〈畫家的家〉《世界周刊 美洲版》
第8次油畫個展「詩意地散步」（福華沙龍）
個展報導《當代藝術新聞》No.6
畫展報導《中國時報》
專訪報導〈詩意地散步 蔡莉莉個展〉《台灣日報》

2008

台北西畫女畫家畫會聯展（國父紀念館）

2009

第9次油畫個展「感動總是在他方」（福華沙龍）
出版《帶畫去旅行》（田澤文化）
電視新聞專訪〈感動總是在他方 蔡莉莉油畫個展〉（人間衛視）
專訪報導〈鄉村風家飾秀巧思〉《自由時報》
畫展報導《聯合報副刊》

2010

專訪報導〈老師媽媽〉《自由時報》
專訪報導〈油畫家蔡莉莉 花綴歐式小莊園〉《蘋果日報》、（蘋果動新聞）

2012

第10次油畫個展「畫一片歐洲藍天」（福華沙龍）
出版《歐洲畫記》（藝術家出版社）
畫展報導《聯合報副刊》
專訪報導〈畫一片歐洲藍天 蔡莉莉個展〉《人間福報》

2014

第11次油畫個展「與繡球花有約」（福華沙龍）
出版《花間旅人》（藝術家出版社）

	專訪報導（藝術線上~《藝術家》雜誌）
	專訪報導〈演繹繡球花〉《人間福報》
	講座〈油畫創作歷程〉（板橋扶輪社）
	講座〈創作與生活〉（台北市立復興高中）
2015	仲夏夜之夢聯展（福華沙龍）
2016	專訪報導〈花間旅人・漫步生活〉（福華・名牌誌）
2017	第12次油畫個展「花間旅人」（福華沙龍）
	出版《京都畫記》（藝術家出版社）
	畫展報導《人間福報》
2018	台中國際藝術博覽會
	講座〈遊記的藝術體現~繪畫與書寫〉（北一女中）
	講座〈旅行與創作〉（台北市立復興高中）
2019	台中國際藝術博覽會
	講座〈關於京都 關於生活〉（北一女中）
2021	副刊發表五十多篇散文（聯合報、中華日報、人間福報）
2022	第13次油畫個展（福華沙龍）
	出版《浮生畫記》（藝術家出版社）
	講座〈繪畫創作與文學〉（新北市立三重高中）
	發表〈美術課裡的文學花園〉（《美育》第248期，國立台灣藝術教育館）

國家圖書館出版品預行編目（CIP）資料

浮生畫記/蔡莉莉著. -- 初版. -- 臺北市 :
藝術家出版社, 2022.04
224面 ; 17×24公分
ISBN 978-986-282-291-3（平裝）

863.55 111002211

YT03153

浮生畫記

蔡莉莉 著

發行人 何政廣
總編輯 王庭玫
編 輯 王郁棋、史千容
美 編 張娟如
出版者 藝術家出版社
台北市金山南路（藝術家路）二段 165 號 6 樓
TEL：（02）2388-6715～6
FAX：（02）2396-5707
郵政劃撥 50035145 藝術家出版社帳戶

總經銷 時報文化出版企業股份有限公司
桃園市龜山區萬壽路二段 351 號
TEL：（02）2306-6842

製版印刷 鴻展彩色製版印刷股份有限公司
初 版 2022 年 4 月
定 價 新臺幣 320 元
ISBN ISBN 978-986-282-291-3（平裝）

法律顧問 蕭雄淋

行政院新聞局出版事業登記證局版台業字第 1749 號